Marlis E. Hornig

Balsamico

Katze Anjas heimliche Liebe

Roman

Bibliografische Information der Deutschen Nationalbibliothek
Die Deutsche Nationalbibliothek verzeichnet diese Publikation in der
Deutschen Nationalbibliografie; detaillierte bibliografische Daten sind
im Internet über http://dnb.d-nb.de abrufbar.

© 2009 Marlis E. Hornig
Fotos: Marlies E. und Kalle Hornig
Satz, Umschlaggestaltung, Herstellung und Verlag:
Books on Demand GmbH, Norderstedt
ISBN 978-3-8391-1039-3

Inhalt

Prolog	9
Mein Steckbrief	9
Kapitel I	11
Nostalgie – Hommage an Kater Maximilian	11
Max' Steckbrief	11
Max begleitet seine und meine Katzeneltern	13
Wie wir Frau Eisenkraut kennen gelernt haben	16
Indian Summer	20
Was ist da los? Einbruch?	21
Fangt die Einbrecher!	23
Nachdenkliches	28
Kapitel II	30
Balsamico	30
Wie unsere Geschichte begann …	30
Wo ist meine Heimat?	37
Alle Liebesgeschichten sind gleich	38
Olivia	40
Heimat – Heimweh	46
Frauen und Katzen	48
Auch Balsamico hat sein Geheimnis	49
Die Reise nach Bad Neuenahr	52
Olivias Reise nach Italien	57
Eia, eia, patsch – wer besucht mich denn da? – Besuch von Caspar Sommer	58
Dolce Vita – Dolce Farniente	60
Eifersucht	61
Ein Brief von Olivia	63

Was ist der Sinn des Lebens?	65
Ich beobachte Tiere	67
Ich sammle Wörter, Bilder, Sätze und Zahlen	69
Noch ein Brief von Olivia	72
Balsamico fährt nach Italien	74
Ein Brief von Balsamico	77
E-Mail für Dich	80
Der grüne Marienkäfer	82
Epilog	86

Für Sven-Eric

***Gott erschuf die Katze,
damit der Mensch den Tiger streicheln kann.***
                                      Honoré de Balzac

Prolog

Balsamico« – Ist das ein Kochbuch? Nein.
Balsamico ist in diesem Buch kein Essig. Es ist ein Kater. Ein schwarzer Kater. Un gatto nero molto bello!
Doch das erzähle ich euch später. Nun erst mal der Reihe nach.
Damit ihr wisst, wer ich bin, hier ist mein Steckbrief:

Mein Steckbrief:

Name:	Anja Minouche
Lieblingsfarbe:	Rosa
Lieblingssong:	I can't stop loving you – Why should I? Phil Collins
Lieblingssprache:	Französisch
Lieblingsplatz:	Getragenes T-Shirt vom Herrchen oder vom »jungen Herrn«
Lieblingsspeise:	Garnelen – Flusskrebsschwänze – Fisch
Hobbys:	Fußball spielen mit kleinen Stofftieren, wie Hühnchen und Häschen, schmusen und faulenzen

Weitere Details über mein Leben findet ihr in meinem ersten Buch:
»**Naschkatzen leben länger ...** «
Anja – Eine fantastische Katzengeschichte

Ich freue mich, wenn ihr es lest, falls dies nicht schon längst geschehen ist!

Als Katze Anja noch ein kleines Mädchen war...

Kapitel I

Nostalgie – Hommage an Kater Maximilian

Um mich zu trösten, denke ich
an vergangene glückliche Tage
Vergangene Tage mit Max.

Damit ihr wisst, wer das ist hier sein Steckbrief:

Max' Steckbrief:

Name:	Maximilian, genannt Max
Lieblingsfarben:	Schwarz + Camel = getigert
Lieblingslieder:	Una festa sui prati – Adriano Celentano, Lady in Red – Chris de Burgh
Lieblingssprachen:	Französisch, Italienisch
Lieblingsspeise:	Wild
Lieblingsplatz:	Vor der Terrassentür von Anja
Hobbys:	Jagen: Tiere und Katzenweibchen. Mit Charme Menschen erobern

13. Juni 2002
Kater Max ist gegangen. Niemand hat ihn hier in der Gegend irgendwo im Süden von Bonn noch einmal wieder gesehen. Weder seine Teilzeitfrauchen Frau Eisenkraut und Frau Winter noch der freundliche Herr

von Bofrost, der die leckeren Würstchen zum Grillen bringt.

Allein, einsam, verlassen. Was nun? Ich, Katze Anja Minouche, sitze am Fenster und träume, träume von längst vergangenen Zeiten. Es ist, als ob Max wieder auf der Treppe im Garten sitzt und zu mir schaut. Maximilian, der charmante, wilde Streuner und Filou – meine erste große Liebe.

Und mein kleiner Franzose, mit dem ich gemeinsam von Paris geträumt habe. Der letzte Sommer 2001 mit meinem getigerten Kater war wunderschön. Gemeinsame Spaziergänge durch unseren Garten. Gemeinsames Aalen in der Sonne auf unserer Terrasse liegend, alle vier Pfoten ausgestreckt. Eine Anleitung zum Faulenzen. Wenn wir uns genug der Muße hingegeben hatten, spielten wir zur Abwechslung Verstecken. Zierlich wie ich bin, versteckte ich mich hinter einer Terracotta-Amphore, die mein Frauchen so sehr an Italien erinnert. Dann einige Zeit später gab Max mir ein Zeichen durch ein inständiges Miau: »Miauu, miauu. Je t'aime, mon amour.«

Gemeinsam tigerten wir hinter das weiße Gartenhaus. Zärtliche und zugleich leidenschaftliche Momente. Mein Vagabund war ein temperamentvoller Liebhaber.

Oft und gern denke ich an Maximilian. Um meine und eure Erinnerung an diesen süßen Kater im Bonner Süden wach zu halten, möchte ich euch noch einige lustige und auch traurige Geschichten von meinem Schmusebär erzählen.

Dass Max mit meinen Katzeneltern hier in der Umgebung spazieren gegangen ist, habe ich ja schon berichtet.

Aber er promenierte nicht nur mit ihnen im Schritttempo, nein er hat sie auch bis zu einem bestimmten Ort begleitet und dort ... Was er dort machte, das werdet ihr gleich erfahren. Einmalig!

Max begleitet seine und meine Katzeneltern

Ich träume, erinnere mich. Samstagabend irgendwann im Sommer 2001 oder auch im Frühjahr 2002. Meine Katzeneltern Louisa und Kalle möchten nach Bad Godesberg fahren in ihr Lieblingsrestaurant »Friedrich«, im Bad Godesberger Villenviertel gelegen. Dort gibt es leckeren Fisch und Hähnchen – alles Speisen, die ich als Naschkatze sehr mag.

Besonders gern gingen sie auch zu ihrem Lieblingsitaliener »Casa Rustica«, im Äuelchen, nahe der Brunnenallee an einem munter plätschernden Bach gelegen. »C'est romantique!«, würde Max sagen. Dort genossen sie besonders Spaghetti alla Ischitana = Spaghetti mit Garnelen. Mir läuft das Wasser in der Schnauze zusammen. Vielmehr das Wasser läuft mir im Munde zusammen – wie meine Katzenmenschen sagen. Das ist nämlich mein Lieblingsgericht. Als Ausgleich bekomme ich dann immer eine leckere Dose »Krabben« von Whiskas ... hmm, hmm! Ja das sind längst vergangene Zeiten. Das Restaurant »Casa Rustica« hat leider geschlossen und Max ist auch nicht mehr da ...

19.00 Uhr:
Meine Katzeneltern verlassen das Haus, gehen in Richtung Bushaltestelle. Was macht mein Lebensgefährte

Max? Er springt auf die rechte Seite neben mein Frauchen und tigert im Schritttempo neben meinen Katzeneltern einher. Das sieht drollig aus, finde ich, und beobachte die drei. Ein Bild, das ich nie vergessen werde. Bald sind meine drei nicht mehr zu sehen. Ich mache es mir auf dem Fensterbrett bequem und träume. Das kann ja nun dauern, bis die »drei Katzen« wieder zurück sind. Ihr wisst ja, für mich sind meine Katzeneltern auch Katzen. Das habe ich euch ja schon in meinem ersten Buch mit dem Titel »**Naschkatzen leben länger …**« erzählt. Max bringt Louisa und Kalle zur Bushaltestelle. Das haben mir meine Katzenmenschen berichtet.

19.30 Uhr
Max kommt wieder angetigert. Diesmal jedoch ohne unsere Katzeneltern. Hat er Sehnsucht? Ganz verliebt schaut er mit seinen großen, grünen Augen zum Fenster hinauf, an dem ich sitze. Ich bin auch verliebt. Immer noch. Nach all den Jahren. Seit etwa 1995 kommt mein kleiner Franzose nun schon zu uns.

Er schickt mir eine Kusshand, wohl eher eine »Kusstatze« hoch. Und eh ich mich's versehe, springt er davon. Sucht er vielleicht meine, vielmehr unsere Katzeneltern? Doch das ist noch zu früh. So zwei bis drei Stunden sind die beiden stets unterwegs. Bei ihrem leckeren Essen mit dem purpurroten Wein »Montepulciano« aus Bella Italia. Im »Friedrich« – »Frederico« auf Italienisch wird ein vollmundiger, herzhafter Wein »Colori Rosso di Sicilia« kredenzt.

Oder möchte Max sein anderes Frauchen namens Frau Eisenkraut und ihren Lebensgefährten besuchen?

Oder Frau Winter, die er auch mit seinem Charme eingewickelt hat und die ihn »Stasi« nennt, weil er stets die Häuser kontrolliert.

21.30 Uhr
Ich warte und träume. Es mögen wohl mehr als zwei Stunden vergangen sein. Wer kommt da plötzlich den Weg entlang? Meine drei Katzen.

Da ruft Kalle:

»Stell dir vor, Anja, dein Max hat uns abgeholt! Er hat auf uns gewartet.«

Ratet mal, wo? An der Bushaltestelle – irgendwo im Süden von Bonn. Das muss lustig aussehen. Ein Kater, der wartet. Und so ein prächtiger Tiger!

Max sitzt dann an der Bushaltestelle, genauer gesagt auf der Wiese davor, wartet und wartet. Ein Bus kommt vorbei, dann nach einer Weile noch einer. Vielleicht hat er Glück. Und der dritte Bus bringt ihm seine Adoptiveltern. Begeistert springt er Louisa und Kalle entgegen. Diesmal trottet er auf der linken Seite neben Kalle die Bodenstaffstraße entlang, ein wenig müde von seinem anstrengenden Tag als Vagabund.

Ich freue mich riesig, dass meine drei Katzen zurück sind, springe vom Fensterbrett und laufe ihnen zur Haustür entgegen. Mein Max, von Frau Eisenkraut auch Schröder genannt, tigert als erster ins Haus hinein. Wohin? Natürlich in Richtung Küche. Er kennt sich aus. Vielleicht gibt es ein Stückchen Edamer Käse für ihn, den er so sehr mag. Ja, Herrchen hat eingekauft. Obwohl mein kleiner Franzose sehr müde ist, holt er sich das eigens für ihn bereitgelegte Stückchen Käse mit seiner Tatze vom Küchenschrank. »Miau miau!« – ist das lecker. Für Max als kleiner Gourmet = Feinschmecker fehlt nur noch ein Gläschen Rotwein = un verre de vin rouge! Erinnert ihr euch an den Unterschied zwischen Gourmet und Gourmand? Ihr Naschkatzen!

Wie wir Frau Eisenkraut kennen gelernt haben

Diese Geschichte liegt schon etwas länger zurück. Wann das war, weiß ich nicht mehr. Eines Tages sitze ich wieder einmal am vorderen Fenster und warte auf meinen Filou. Da kommt Max und hinter ihm eine Dame. Wer ist denn das? Hat Max etwa noch ein Frauchen?, frage ich mich.

»Ich wollte doch mal sehen, wo dieser Kater ist, wenn er nicht bei mir ist.«

Mit einem Schmunzeln im Gesicht kommt die unbekannte Dame vorsichtig ins Haus gemeinsam mit Max, nachdem sie geklingelt hat. Wir sind gespannt, was das wird. Das wird ein nicht mehr endendes Gespräch zwischen der Dame und meiner Katzenfamilie. Oft höre ich das Wort »Schröder«. Wer ist das?

Das ist hier die große Frage. Später erfuhr ich dann, dass es sich um Max handelte, meinen Max.

Max und ich, wir beide schauen aufmerksam von einem zum anderen. Die vier, das heißt, Louisa, Kalle, Sven und die Dame, erzählen eifrig.

»Ja, Max ist oft hier. Fast den ganzen Tag über. Dann verschwindet er plötzlich.«

»Ist das gegen Abend? Um circa 19.00 Uhr kommt er zu uns. Oft abends, wenn wir grillen«, meint die Dame, die sich später als Frau Eisenkraut entpuppte.

Plötzlich führt Max alias Schröder sein zweites Frauchen in mein Zimmer. Das Zimmer seiner Freundin Katze Anja. Stolz zeigt er ihr meinen weißen Porzellannapf mit dem Gesicht einer Katze und schwarzen Tatzen am Rand. Die Katze hat roséfarbene Ohren und eine rosa Nase. Ihre Ponys und ihr Schnurrbart sind zartgrau gehalten, ihre Augen rabenschwarz. Das ist mein Fressnapf – der richtige Teller für eine ganz eigene Katzendame, wie ich es bin. Daneben steht Max' Futternapf in rosa! – das ist mein ausgedienter Napf von früher. Den haben wir Max vererbt! Frau Eisenkraut schaut sich das Katzengeschirr an, das auf einem schwarz-weißen Handtuch mit vielen süßen Katzen steht. Sie schmunzelt ...

Später erzählt mir Louisa, dass Frau Eisenkraut über die Ordnung geschmunzelt hat. Denn sie sagte zu meinem Frauchen:

»Max, von uns ›Schröder‹ genannt, liebt Ordnung. Bei uns ist auch alles an seinem Platz. Und der Kater hat seinen Platz.«

Wir Katzen lieben es, wenn alles klar und übersichtlich ist und wenn wir dabei hier und da noch ein Plätzchen zum Verstecken finden ...

Das war die erste Begegnung mit Frau Eisenkraut.

Mein Filou war sehr geschickt darin, zwischen seinen »Teilzeitfrauchen« hin und her zu pendeln.

Einige Tage später fanden meine Katzeneltern einen Brief im Briefkasten. Ich habe ihn in meinem Fotoalbum aufbewahrt – man kann ja nie wissen, wann so ein Brief einmal bedeutsam wird. Nun ist der Brief, von Hand geschrieben, ein Dokument meiner Geschichte! Er hat folgenden Wortlaut:

Da ist übrigens auch das Datum: **01.09.2001**

Sehr geehrte Familie Hornig,
ich wollte mich nochmals bezüglich unseres gemeinsamen Schützlings »Max/Schröder« melden. Ich vermute, dass Sie sich im Urlaub befinden, da er zurzeit sich auch tagsüber bei uns aufhält. Nachdem das Bein von Max erst so gut verheilt ist, sieht es jetzt wieder schlimm aus. Wir können auch gerne mit ihm zum Tierarzt gehen und übernehmen auch die Kosten, da Sie ja bereits so viel für ihn getan haben.
Ich habe Sie leider in den vergangenen Tagen nicht persönlich angetroffen. Falls Sie zu Hause sein sollten, würde ich mich freuen, wenn Sie sich kurz telefonisch mit mir in Verbindung setzen könnten. Wir wohnen in dem alten Haus gegenüber vom Park ...
Mit bestem Gruß
S. Eisenkraut

Was steht da? Wenn ich richtig verstehe, teilen sich meine Katzeneltern und Max' so genannte Teilzeitfrauchen, zu denen auch Frau Winter gehört, nicht nur das Füttern von unserem wilden Tiger, sondern auch die Kosten für den Tierarzt. Eine tolle Aufteilung! Na ja, sie profitieren ja auch alle von unserem Charmeur:
Wie?
Er schaut sie lieb an.

Er kuschelt sich zu ihnen.
Er wickelt sie mit seinem Charme ein.
Er miaut inständig, wenn er verwöhnt werden möchte.

– Er begleitet allerdings nur Louisa und Kalle.

Übrigens die sympathische Frau Eisenkraut hat ganz viele von meinen Tagebüchern erworben. So einen Stapel, auf den ich mich draufsetzen kann. Das hat sie Louisa gemailt. Stellt euch vor, die beiden plaudern oft miteinander – auf elektronischem Weg, also per E-Mail, bisweilen am Telefon und wenn sie sich zufällig in Bad Godesberg treffen, zum Beispiel in der Nähe der neuen Fronhofer Galeria. Beim Café Segafredo oder bei Tchibo. Ihr seht, ich kenne mich in Bad Godesberg, einer kleinen Stadt am Rhein, aus. Das weiß ich alles von meinem Frauchen Louisa. In unseren »Erzählstunden«, die auch gleichzeitig Schmusestunden sind, hat sie mir davon berichtet.

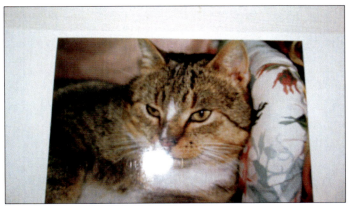

Max faulenzt auf meinem Sofa – der Schlawiner!

Indian Summer

Oktober 2002

Nebel. Sonnenstrahlen. Schleier. Mittagssonne. Spielende Kinder. Unter dem Kastanienbaum im Park im Bonner Süden sammeln sie Kastanien. So wie es jedes Jahr in dieser Jahreszeit irgendwelche Kinder tun. Kinder, ihre Eltern oder Oma und Opa. Ich sitze an der Terrassentür oder – wenn es warm ist – auf der Terrasse. Und schaue den Kindern zu. Frauchen bringt mir manchmal auch ein, zwei Kastanien mit. Zum Spielen. Wie einen kleinen Ball schieße ich sie mit meiner Tatze durchs Zimmer. Oh, die Kastanie hat sich versteckt. Wo ist sie denn? Ich muss sie suchen.

Leider kann ich sie nicht finden, und so setze ich mich wieder an die Terrassentür. Ich denke an Max. Die bunten Blätter fallen. Ein Erlebnis mit Max fällt mir ein:

Während Louisa die Geschichte mit Max aufschreibt, ist er in Gedanken bei mir.

Es war auch im Herbst 2001. Auch im Oktober. Auch Indian Summer. Ein Eichhörnchen in einem wunderschönen, dunkelbraunen Kleid sprang behände unsere Terrasse entlang. »Marone ist sein Fell«, würde der Italiener sagen. In seinen beiden Pfötchen hielt es einen kleinen Gegenstand. Als ich näher hinschaute, erkannte ich eine Nuss, eine Walnuss, die es sicher vom Nussbaum der Familie Walnuss gegenüber geholt hatte. Oh nein, es war besonders clever, unser Tierchen, nennen wir es »Marone«. Unter dem Nussbaum befand sich eine Kiste. In diese Kiste warfen unsere Nachbarn die heruntergefallenen Nüsse, um sie dort erst einmal zu sammeln. Was tat Marone? Von nun an holte sich das Eichhörnchen seine Nüsse direkt aus der Kiste. Das war ja viel bequemer!

Mit einer Nuss in seinen Pfötchen hüpfte es auf einen der Terracotta-Blumentöpfe, und eh ich es mich versah, versteckte es die Nuss im Blumentopf.

»Vielleicht will es sich Vorräte für den bisweilen sehr kalten Winter schaffen!«, dachte ich so bei mir.

Gut, dass Max nicht da war. Denn so lieb und charmant er zu mir und meiner Katzenfamilie war, so grausam konnte er zu Eichhörnchen und jungen Kaninchen sein. Für ihn als Raubtier waren sie lediglich Beutetiere. Jagen, fangen, fressen – das war dann seine Devise. Eine bittere und grausame Devise. Doch nun zu der Geschichte mit Max:

Sie beginnt so:

Was ist da los? Einbruch?

Wieder einmal schlagen Einbrecher zu – selbst am helllichten Tag
    Ganze Banden suchen das Bonner Villenviertel und den Bonner Süden heim …

Sonntagnachmittag im Oktober 2001
Max und ich sitzen im Salon. Wir kuscheln uns aneinander und machen es uns so richtig gemütlich. Schmusestunde zu zweit! Da kommt Louisa mit einer Zeitung herein, der bekannten Bonner Tageszeitung »General-

Anzeiger Bonn und Umgebung«. Sie schlägt eine dieser großen Seiten auf und liest laut und deutlich die fett gedruckte Überschrift:

»**Wieder einmal schlagen Einbrecher zu**«

Louisa liest dies in einem dramatischen Ton.

»Miauau, miauau!«, so die Antwort von unserem Tiger. Das will heißen:

»Da müssen wir attackieren. Attacke!«

Inzwischen sind Kalle und Eric in den Salon gekommen.

»Lasst uns erneut eine Projektgruppe gründen wie damals, als wir den Tierfänger von Bonn dingfest gemacht haben«, schlägt Kalle vor mit einem schelmischen Blick.

»Wir machen alle mit. Diesmal ist Louisa die Chefin, also die Projektleiterin, wenn ihr einverstanden seid. Begründung: Louisa hat früher mehrmals bei der Kripo Bonn gedolmetscht, wenn Französisch sprechende Tatverdächtige im Spiel waren. Sie verfügt also über ein gewisses Know-how und Hintergrundwissen auf diesem Gebiet.«

»Einverstanden! D'accord!«, riefen wir alle vier einstimmig einschließlich Louisa.

Die Sachlage

Immer wieder finden Einbrüche statt. Im Bad Godesberger Villenviertel in Plittersdorf und im Bonner Süden. Die Einbrecher lassen die unterschiedlichsten Dinge mitgehen: CD-Player, DVD-Geräte, Laptops, Videokameras, Digitalkameras, auch Handys.

Einmal stibitzten sie eine komplette Münzsammlung,

dann ein anderes Mal Schmuck, Geld, Teller mit den zwei Schwertern auf der Rückseite – dem typischen Zeichen vom Meißner Porzellan. Besonders kundig scheinen die Missetäter jedoch nicht zu sein, zumal sie die wertvollen, alten Mokkatassen aus Meißner Porzellan stehen gelassen haben.

In der Tat im Bonner Süden erzählt man sich von einem neuen Einbruch: Diesmal haben zwei Männer im Blaumann ein Haus ausgeräumt. Die Nachbarn dachten, die Besitzer ziehen aus. Selbst den hellblauen Katzenkorb von dem kleinen französischen Kater Jacques haben sie mitgenommen. Da müssen wir was tun.

Der Plan
Unser Plan ist wieder ein Drei-Stufen-Plan:
Stufe 1: Alle Passanten observieren – dann sondieren.
Stufe 2: Anschleichen.
Stufe 3: Attackieren. Gemeinsam mit der Polizei vor Ort.

Ziel ist es, den oder die Übeltäter spätestens in 33 Tagen, also bis Allerheiligen, den 1. November 2001, zu ermitteln, zu fangen und der Polizei zu übergeben.

Fangt die Einbrecher!

Wir beobachten und beobachten. Nichts. Ruhe. Keine Verdächtigen. Haben die potenziellen Einbrecher Lunte gerochen? Oder herrscht die berühmte Ruhe vor dem Sturm?

Ich, Katze Anja, sitze vorne am Fenster, das zum kleinen Weg zeigt, der seinerseits zum Park führt. Max, der Filou, sitzt auf der Holztreppe im Garten. Wer geht vorbei? Eine freundliche Dame mit einem Parson Russell Terrier. Nennen wir ihn »Asterix«. Sein Frauchen spricht stets liebevoll mit ihm. Dann ein großer Herr mit einem kleinen Zwergschnauzer, die einträchtig miteinander in eine Richtung streben. Dieser Hund ist lustig. Munter springt er in den Park hinein. Sein freudiges Gebell deutet auf seine Vorfreude hin. Als will er sagen:

»Nun geht's zum Spielen in die Natur. Auf die Jagd – Stöckchen holen ist angesagt.«

Manchmal führt auch eine freundliche Dame diesen Hund aus, wohl sein Frauchen. »Idefix«, so der Name dieses kleinen, süßen Hundes. Obwohl ich eine Katze bin, würde ich ihn gerne kennen lernen. Allein schon, um zu beweisen, dass das Verhältnis *Katze – Hund* nicht per se getrübt sein muss, wie die Menschen so sagen. Die Tage vergehen. Wieder ein Einbruch. In einem der Nachbarhäuser. Diesmal ist die Beute beziehungsweise die Ausbeute gering: ein fast leeres Portemonnaie, eine alte abgetragene Uhr. Der Täter fand Zugang zu der Wohnung durch ein Kippfenster. Dann hörte er wohl Geräusche und verließ die Wohnung in Eile mit seiner lächerlichen Beute!

Es war an einem Freitagnachmittag. Ich weiß das so genau, weil wir freitags gegen 15.30 Uhr immer gemütlich Tee trinken. Heute einmal nicht im Salon, sondern im Esszimmer. Zufall? Schicksal? So sitze ich denn am vorderen Fenster und beobachte wieder einmal den kleinen Weg. Wie schon so oft in den letzten Tagen. Max, der französische Charmeur, ist auch da! Er wirft mir zärtliche Blicke zu und eine Kusshand, vielmehr eine »Kusstatze« in Katzensprache.

Plötzlich fährt ein komisches Auto vor: ein winziger LKW mit drei Rädern. Dieses Auto habe ich hier noch nie gesehen. Es wirkt irgendwie verschroben, so als ob es nicht mehr weit kommen würde. Hinten hat das Vehikel eine geringe Ladefläche. Ist die für die Beute gedacht?

»Hoppla, was ist denn da?«, frage ich mich, als ich etwas entdecke.

Ein Eckchen Käsekuchen mit einem Löffel Schlagsahne auf meinem kleinen Teller am Fenster. Herrchen hat an mich gedacht beim Teetrinken und Kuchenessen.

»1000 Dank. Mille grazie«, schmatze ich genüsslich, indem ich mit meiner Zunge über meine Schnauze streiche. Das soll heißen:

»Noch ein bisschen von dem leckeren Käsekuchen.«

Meine Katzenmenschen können mir nicht widerstehen und schon landet noch ein wenig Käsekuchen auf meinem Teller!

Nachdem ich mich ausgiebig gelabt habe, nehme ich wieder meine Position am Fenster ein. Max sitzt auch schön brav und aufmerksam auf der kleinen Holztreppe. Plötzlich entdecke ich etwas. Könnt ihr euch vorstellen, was? Um meine Katzenmenschen auf diese Neuigkeit aufmerksam zu machen, wedle ich ganz kräftig mit dem Schwanz. Auch mein lieber Freund Max wedelt plötzlich heftig mit dem Schwanz und hält beide Ohren spitz nach vorne. So als wolle er jedes noch so leise Geräusch mit seinen Antennen aufnehmen.

»Was ist denn da los?«, ruft Eric, aufmerksam geworden durch das Schwanzwedeln der beiden Katzen.

»Kennt ihr die junge Dame?« Alle drei schauen wir zu der Terrasse unserer Nachbarn, der Familie Meyer-Chopin. Dort macht eine uns unbekannte junge Dame mehr oder weniger geschickte Kletterversuche. Offensichtlich will sie auf die Terrasse in der 1. Etage gelangen. Kalle geht nach draußen und fragt sie:

»Was machen Sie dort? Wollen Sie einbrechen?«

»Nein, ich bin die Nichte aus Frankreich. Meine Tante öffnet die Haustür nicht. So will ich schauen, wo sie ist«, antwortet die junge Dame etwas erstaunt.

»Parlez-vous français? = Sprechen Sie Französisch?«

Mit diesen Worten stürzt Louisa aus dem Haus. Das ist der Trick. Versteht die Unbekannte Französisch? Spricht sie Französisch? Jetzt wird es sich zeigen. Aus ihrer Praxis als Dolmetscherin bei der Bonner Kripo weiß Louisa, dass die Verdächtigen das Blaue vom Himmel erzählen, nur um von dem Verdacht abzulenken.

Da plötzlich läuft die junge Dame davon. Eric ihr hinterher. Doch sie ist verschwunden. So schnell kann sie doch gar nicht sein. Wir schauen den Weg entlang. Niemand ist zu sehen. Auch das merkwürdige, dreirädrige Vehikel ist verschwunden.

Ohne Max und mich, das heißt ohne unsere aufmerksame Beobachtung und Warnung hätte meine Katzenfamilie die Einbrecher nicht in die Flucht geschlagen. Wer weiß, was die Räuber alles aus dem Haus der Familie Meyer-Chopin entwendet hätten. Den passenden kleinen Transporter hatten sie ja dabei!

Noch am selben Abend meldet meine Katzenfamilie den Vorfall sowohl unseren Nachbarn als auch der Bad Godesberger Polizei. Die Polizei und die Nachbarn kommen zur Tatortbesichtigung. Max und ich unterstützen den Bericht von Kalle, Eric und Louisa mit kräftigem Schwanzwedeln und »Miau, miau, miau«. Dies gleichsam, um unsere Zustimmung zu dem Gesagten zu untermauern …

Dann sind wir auf einmal allein. Max nimmt mich in die Arme, wohl eher in die Vorderbeine und flüstert ganz lieb:

»Gott sei Dank, dass die Einbrecher nicht zu uns kommen wollten. Dann hätten sie uns sicher mitgenommen! Sind wir doch das Wertvollste, was unsere Familie hat!«

Drei Wochen später. 31. Oktober 2001
Die Polizei ergreift die Täter. Eine Frau und zwei Männer – in flagranti = auf frischer Tat in Bonn-Duisdorf. Sie waren gerade dabei, auf dieselbe Masche mit ihrem komischen Vehikel eine Doppelhaushälfte auszuräumen, als die Nachbarn sie entdeckten und die Polizei verständigten. Übrigens seinerzeit hatte die junge Dame an einem Nachbarhaus geklingelt, um ein Glas Wasser gebeten und war dort verschwunden. Daher war sie für uns so schnell unauffindbar.

Die Geschichte hatte ein Nachspiel. Mein Freund Maximilian und ich, Katze Anja Minouche, wurden von der Bonner Kripo mit dem Orden

James Bond 007 **für Max**

und *Jamie Bond 007* **für Anja** ausgezeichnet.

Zu lesen seinerzeit im »Wir Godesberger« Nr. 07 des Jahres 2001.

Das war wieder ein süßes Erlebnis mit Max.

Nachdenkliches

Das war meine Geschichte mit Kater Max, dem Streuner und Filou.

Das waren meine wunderschönen Jahre mit Maximilian.

Er ist gegangen, wie er einst gekommen war.

Plötzlich war er da, plötzlich war er verschwunden.

An jenem Frühsommertag im Juni 2002.

Ich, Katze Anja, werde Kater Max, meine erste große Liebe, nicht vergessen.

Und da ist noch jemand, der Max nie vergessen wird. Eric. Lange Zeit hat er noch nach Tiger Max gefragt, obwohl er selbst schon gegangen war, ein eigenes Leben fernab vom rosa Haus begonnen hatte …

»Qu'il fait bon vivre auprès de toi. = Wie schön ist es, bei dir zu leben«, hat mein Max einmal ganz zärtlich zu mir gesagt. ♥

Ich träume und denke an das schöne Chanson in dem Film:

»Un homme et une femme = Ein Mann und eine Frau« mit Anouk Aimée und Jean-Louis Trintignant.

»**L'amour est plus fort que nous. = Die Liebe ist stärker als wir.**«

Un ombre de nous. Il restera toujours un ombre de nous …

Ein Schatten von uns. Es bleibt immer ein Schatten von uns …

Das war die Zeit, als Minka, die schöne, schwarze Katze von Familie Winter, noch lebte. Die Zeit, als Max durch die Gärten stromerte. Als Max quer über die Wiese des Drachensteinparks lief, um zu mir zu kommen ... Als Kater Max an den griechischen Säulen im Park vorbeischlich. Als ich, Katze Anja, jeden Tag voller Sehnsucht auf meinen Liebsten wartete. Als wir beiden Katzen von den Pyramiden in Ägypten und vom Eifelturm in Paris träumten. Die Zeit, als Eric noch im rosa Haus am Park wohnte ...

Der müde Max hatte stets sein Plätzchen bei uns gefunden. Warum kommt er nicht mehr, mein Tiger?

Wenn Frau Winter, Frau Eisenkraut, Frau Meyer-Chopin und Louisa sich zufällig auf dem Markt oder im Café Bellevue in Mehlem treffen, dann erzählen sie von alten Zeiten.
Auf der Suche nach der verlorenen Zeit.

Kapitel II

Balsamico

Balsamicos Steckbrief:

Name:	Balsamico, ursprünglich Einstein
Lieblingsfarben:	Schwarz + Grün
Lieblingslieder:	La pulce d' acqua – Angelo Branduardi, Felicidad – Al Bano + Romina Power
Lieblingssprachen:	Italienisch, Deutsch
Lieblingsplatz:	Anjas Garten
Lieblingsspeise:	Spaghetti Vongole, Scaloppina Milanese
Hobbys:	Heimlich mit Anja flirten, träumen, Wörter sammeln

Wie unsere Geschichte begann ...

Werde ich mich noch einmal verlieben?
Wieder einmal Flugzeuge im Bauch spüren?

Doch ich darf nicht nur in der Vergangenheit leben. Es folgt ein trauriger Winter. Ein Winter ohne Max – meinen geliebten Lebenskünstler! Ich schlafe viel.

»Werde ich mich noch einmal verlieben?«. Diese Frage stelle ich mir manchmal. Das wünsche ich mir: <u>Eine neue Liebe</u>. Ich möchte mich noch einmal verlieben.

Wieder einmal »Flugzeuge im Bauch« spüren wie damals mit Max? ✈ ✈ ✈

Mit diesem Traum verging der Winter, ein besonders kalter Winter …

Verschiedene Verehrer streifen um unser Haus. Der Kater Jacques – auch ein kleiner Franzose wie Max. Cäsar, ein stolzer weißer Kater. Und noch ein zwei unbekannte Kandidaten aus der Nachbarschaft.

März 2003
Eines Morgens. Die ersten Frühlingssonnenstrahlen kitzeln meine weiße Nase und ich träume so vor mich hin. Da! Wen entdecke ich denn da? Einen schwarz-braunen Kater. Wer ist denn das? Ist das nicht Mephisto, der mir damals zu Halloween seine drei Stoffmäuse auf unsere Terrasse gelegt hatte? Ich glaub', das war am 31. Oktober 2001. Der Kater – nennen wir ihn erst einmal »Mephisto« – schleicht langsam auf leisen Pfoten auf unsere Terrasse vor die Terrassentür. Ich, Katze Anja, schleiche auch langsam auf leisen Pfoten in unseren Salon. Die Terrassentür ist schräg geöffnet. Aus dem Radio klingt der Song »Just for you« von Lionel Richie. Wie liebe ich diese Musik. Ein richtiger Ohrwurm: »My heart is breaking just for you …«

»Wenn dies eine Liebesgeschichte wird, dann ist das unser Lied!«, denke ich so bei mir. Da flüstert Mephisto ganz lieb:

»Buon giorno! = Guten Tag!« durch die schräg geöffnete Terrassentür. Mein Herz klopft wie wild. Ich höre es heftig schlagen. Ist der süß, dieser schwarze Kater! Doch warum spricht er diese andere Sprache. Ich glaub', das ist Italienisch. Klingt das doch so ähnlich wie »Buona notte«. – Das sagt mein Frauchen immer, wenn wir schlafen gehen:

»Gute Nacht«. Mephisto schaut mich mit seinen großen, blauen Augen an. Flirtet er mit mir? Ich erwidere seinen Blick und senke dann ganz scheu meine Augenlider. Nun sieht er meine langen Wimpern. Eitel wie ich bin, kokettiere ich ein wenig mit den Attributen meiner Schönheit. Dies sind die Worte von meinem Herrchen Kalle. Noch ein tiefer Blick aus den tiefblauen Augen von Mephisto.

»Arrivederci. A questa sera! Auf Wiedersehen. Bis heute Abend«, flüstert der geheimnisvolle Kater leise und lieb. Dann läuft er von dannen …

Und ich habe wieder »Flugzeuge im Bauch« – darunter ein ganz großes Flugzeug, so groß wie …, wie …ein Airbus – ein A 380! Ich freue mich riesig auf heute Abend. Was mache ich bis dahin? Ich weiß schon. Ich werde mein Fell putzen. Denn ich möchte heute Abend besonders hübsch sein für Mephisto. Wie soll ich meinem Frauchen klar machen, dass sie die Rollladen im Salon nicht herunterlässt? Das ist hier die Frage. Bis heute Abend fällt mir sicher noch etwas ein! Nun nehme ich erst einmal meinen Platz vor dem großen blau-weiß gestreiften Sessel ein und beginne mit der Schönheitspflege.

»Anja putzt sich heute aber intensiv! Hat sie etwas vor?«, meint Kalle. Ich bin ganz leise. Möchte ich doch mein Rendezvous geheim halten. Ich putze weiter. Jetzt sind meine Ohren dran. Dann mein Gesicht, schließlich mein schöner, weißer Latz. Zuletzt putze ich meine Pfoten, indem ich sie kräftig mit meiner Zunge ablecke.

»Anja hat Persil in ihrer Spucke«, meint Louisa stets, wenn ich mich putze. Sie sagt das wohl, weil ich dann immer so sauber bin, so rein! – Heute schleicht die Zeit aber. Ob es den Menschen auch so geht, wenn sie auf etwas sehnlich warten, zum Beispiel auf ein Rendezvous?

Endlich ist es so weit. Es wird allmählich dunkel. Louisa beginnt die Rollladen herunterzulassen. Schnell springe ich an die Terrassentür, schaue interessiert hinaus, um ihr damit zu bedeuten, dass ich noch hinausschauen möchte. Louisa versteht mich. Sie lässt einen Spalt von circa 50 cm offen. Die Tür lässt sie auch ein wenig schräg geöffnet. Wohl damit ich noch etwas frische Luft atmen kann. So kann ich sehen, wenn Mephisto kommt.

Wer schleicht denn da an unserem Haus entlang? Das ist er!

»Buena notte, Bella!«, flüstert er.

»Buena notte, Bello!«, antworte ich mutig. Irgendwie habe ich diese Worte von Frauchen aufgeschnappt. Und Mephisto freut sich.

Buona notte – wie klingt das schön!

Spät abends dann:

Ich sitze immer noch an der Terrassentür. Die Rollladen sind weiterhin nur zu drei Vierteln geschlossen. Von meinem Plätzchen aus kann ich auf die Terrasse, in den Garten und in den Park schauen. Es ist noch ein wenig hell. Der Mond – es ist Vollmond – scheint mir direkt ins Gesicht.

Wer kommt denn da? Den Weg im Park entlang. Von den griechisch-römischen Säulen her. Ein schwarzer Kater. Auf leisen Sohlen, nein Pfoten, schleicht er in unseren Garten, dann auf die Terrasse geradewegs zu mir.

»Buona notte, mia cara gattuccia«, haucht er zaghaft.

»Gute Nacht, mein liebes Kätzchen.« Mephisto liefert die Übersetzung gleich mit. Das finde ich drollig und charmant. Der Casanova!

»Bist du ein Italiener?«, frage ich ganz leise. Niemand soll es hören.

»Ja, ein Halbitaliener. Meine Mami Josefine ist aus Deutschland; mein Papi Napoleone aus Italien.«

Meine großen, grünen Augen leuchten. Jetzt lerne ich endlich einmal einen Italiener kennen, wenn auch nur einen halben! Meine Katzeneltern haben mir viel von Italien erzählt. Sie lieben dieses Land und fahren gerne dorthin. Vielleicht kann ich nun durch Mephisto etwas mehr von Bella Italia erfahren. Aber heißt der Kater überhaupt Mephisto?

»Wie heißt du eigentlich wirklich? Wir nennen dich Mephisto, weil du mir zu Halloween die Mäuse auf die Terrasse gelegt hast. Weil wir dachten, es sind echte tote Mäuse, fanden wir dich böse und haben dich Mephisto getauft. Wie ist dein richtiger Name?«, frage ich zaghaft.

»Mi chiamo Balsamico = Ich heiße Balsamico«, antwortet der schöne Kater mit einem Schmunzeln im Gesicht.

»Das ist doch ein Essig!«, entgegne ich überrascht wegen dieses merkwürdigen Namens. »Kein Kater heißt so!«

»Ursprünglich hieß ich ›Einstein‹. Doch weil ich mich oft neben eine riesengroße Balsamico-Flasche setze, die bei uns in der Küche steht, nennen mich meine Katzeneltern ›Balsamico‹. Das ist ein sehr feiner italienischer Essig auf der Basis von Basilikum. Eine Delikatesse!«

Als ich mir daraufhin den schönen Kater genau anschaue, während der Mond auf ihn scheint, entdecke ich, dass er schwarzbraun ist wie der Balsamico-Essig! Balsamico ist süß, wenn er erzählt. Ich könnte ihm stundenlang zuhören. Doch nun wird es dunkel und ich sehe nur noch zwei funkelnde blaue Augen …

»Ich heiße Anja Minouche und wohne hier. Wo wohnst du? Ist dein Haus weit entfernt?«, wage ich eine zweite Frage. Ich möchte gerne mehr wissen von meinem neuen Freund.

»Ich wohne in einem terracottafarbenen Haus mit einem roten Dach. Im Garten am Eingang zum Haus stehen Buchsbäume in Terracotta-Kübeln. Unser Haus mutet italienisch an. Es sieht aus, wie ein Haus in der Toskana. Es ist schon ein Stückchen von eurem Haus entfernt, so dass ich mehrmals um die Ecke laufen muss.« Balsamico zwinkert mir zu, so als ob er sagen wollte, dass er dies gerne für mich tut. Und dass ihm kein Weg zu mir zu weit ist.

Zum Abschied streichelt mir Balsamico mit seiner rechten Pfote zart über meine linke Wange.

»Arrivederci. Ciao Bella!« Das sind seine letzten Worte und er verschwindet in der schwarzen Nacht …

Von da an kam Balsamico jeden Abend. Ganz heimlich, still und leise. Louisa schien das zu ahnen, denn sie ließ die Rollladen jeden Abend circa 50 cm geöffnet. Das fand ich sehr lieb. Den ganzen Tag über träumte ich nun von Balsamico und meine Sehnsucht nach diesem Kater mit seiner sanften Art wuchs von Tag zu Tag. War das der Beginn einer neuen Liebe? Un amore all italiano?

In meinen Träumen nannte ich Balsamico »meinen Schmusekater«. Mein Schmusekater ist zärtlich und lieb. Er ist ein Softy! Max war eher wild und ungestüm. Damals wusste ich noch nicht, dass dies der Beginn einer neuen Liebe war. Ich wusste nur, dass es mich jeden Abend zur Terrassentür zog. Unsere heimlichen Treffen – das war unser Geheimnis. Wir zwei führten viele endlose Gespräche. Bisweilen schauten wir uns auch nur tief in die Augen und verweilten so den ganzen Abend.

Mai 2003
Eines Abends – es war an einem wunderschönen, lauen Tag im Wonnemonat Mai – flüstert Balsamico:

»Schau mir in die Augen, Kleines!«

Ich schaue ihm in die Augen und spüre, dass ihn etwas beschäftigt, vielleicht sogar bedrückt.

»Manchmal weiß ich gar nicht, wo ich hingehöre. Meine Muttersprache ist Deutsch. Mein Vaterland ist Italien. Wo ist meine Heimat?«, sinniert Balsamico.

»Wie meinst du das, mein Schmusekater?«, frage ich und wage die Anrede, die ich in meinen geheimsten Träumen an ihn richte.

»Wie lieb, dass du mich so nennst, mein Schmusekätzchen! Wie ich dir ja schon erzählt habe, ist meine Mutter Josefine eine deutsche Katze. Als sie einmal mit unseren Katzeneltern in der Toskana in ihrem Ferienhaus in der Via Moreno 7 in Forte dei Marmi war, verliebte sie sich dort in den schwarzen Kater von nebenan, einen waschechten Italiener! Sein Name: Napoleone. Wie ein Blitz schlug die Liebe ein! Die beiden sahen sich jeden Tag, gingen miteinander spazieren, waren zärtlich zueinander, gaben sich Nasenküsse und Küsse auf die Schnauze. Und hatten sich sehr, sehr lieb. Wochen später kamen vier kleine Kätzchen auf die Welt in Italien. Davon blieben zwei Kätzchen bei den Katzeneltern von meinem Papa in Italien, zwei nahmen die Katzeneltern von unserer Mama mit nach Bonn. Das waren meine Schwester Olivia und ich. So wuchsen wir beide in Bonn-Bad Godesberg auf. Wir lernten die deutsche Katzensprache und fühlen uns hier sehr wohl.« Balsamico schweigt. Pause. Dann erzählt er weiter.

Wo ist meine Heimat?

»Doch bisweilen habe ich Sehnsucht. Sehnsucht nach dem Land meines Vaters, meinem Vaterland, obwohl ich es kaum kenne. Nach unserer Geburt waren wir noch 33 Tage in Forte dei Marmi. Dort spielten wir in der Via Moreno mit unseren beiden Geschwistern, einer schwarzweißen Katze, genannt Ariana, und einem schwarzen Kater namens Cesare. Auch nach meiner Schwester und meinem Bruder überfällt mich manchmal ganz plötzlich Sehnsucht. Dieses Gefühl sitzt tief in meinem Herzen. Ich glaube, die Menschen nennen es Heimweh.

Es ist so schön, liebste Anja, dass ich dir das alles erzählen kann!«, seufzt Balsamico und schaut mir tief in die Augen. Meine Ohren stehen spitz nach vorne, damit ich jedes Wort hören kann. Mein Schmusekater tut mir leid, wie er da so einsam mit seiner Sehnsucht, seinem Heimweh, lebt. Ich fühle ein wenig mit ihm. Für mich gibt es da kein Problem. Meine Heimat ist Deutschland. Ich liebe dieses Land, fühle mich hier wohl und verstehe und spreche die deutsche Sprache. Auf Katzenart natürlich. Deutsch ist meine Muttersprache, Deutschland ist mein Vaterland.

Heute spüre ich eine ganz besondere Vertrautheit zwischen Balsamico und mir. Und auf einmal verspüre ich den Drang, Italienisch zu lernen. Un poco. Dies damit ich meinen Schmusekater besser verstehen kann. Mit ihm fühlen kann. In schönen und in traurigen Momenten.
Italienisch ist eine Sprache, die in vielen Dingen sehr expressiv ist. Es ist die Sprache von Cäsar, Macchiavelli in »Il Principe«, Michelangelo, Alberto Moravia und schließlich Angelo Branduardi.
Balsamico, du wirst mein Lehrmeister sein. Wiederholen wir also:
»Buon giorno« heißt »Guten Tag«.
»Buona sera« heißt »Guten Abend«.
»Bella giornata«, das sagt man, wenn man
jemandem »Einen schönen Tag« wünscht.
»Prego« bedeutet »Bitte«. »Grazie« bedeutet »Danke«.
»Ti amo« heißt »Ich liebe dich.«

Alle Liebesgeschichten sind gleich

<u>Und doch anders</u>
Die Liebesgeschichte zwischen Balsamico und mir ist ganz anders.

Balsamico baggert auf eine heimliche und ganz zarte Art und Weise. Er ist wie ein Kuschelbär: zärtlich, weich und warm. Doch auch sexy und temperamentvoll. Eben ein echter Italiener! Jeden Abend, wenn ich im Atelier auf unserer mediterranen Bank neben meinem Stoffbär sitze, träume ich von meinem Kuschelbär Balsamico. Wie gerne hätte ich ihn bei mir! Doch unsere Liebe ist heimlich!

Ich, Schmusekatze Anja, fühle mich wohl auf dem Tisch!

Mein Schmusekater ist Fremden gegenüber scheu. Er kommt nicht in unser Haus. Kein Wunder. Denn meine Katzeneltern kennt er nur vom Sehen.

Diese heimliche Liebesgeschichte ist wunderschön und zauberhaft. Von Balsamico geht eine sündhafte Anziehungskraft auf mich aus. Ich fühle mich wie verzaubert. Es ist, als schwebe ich auf einer rosa Wolke … Ein entspanntes, leichtes Lebensgefühl. Romantische Empfindungen. Alles ist rosa – wie meine Lieblingsfarbe. Schaut nach in meinem Steckbrief, der auch in meinem ersten Buch: »**Naschkatzen leben länger ...**« steht!

Es ist fabelhaft, wenn man jemanden findet, der einen liebt.

Olivia

Olivias *Steckbrief:*

Name:	*Olivia*
Lieblingsfarben:	*Flieder, Himmelblau*
Lieblingslieder:	*Alle Lieder von Eros Ramazotti*
Lieblingssprache:	*Italienisch*
Lieblingsplatz:	*Neben einem Terrakotta-Topf, bepflanzt mit einem Olivenbaum, am liebsten in Italien*
Lieblingsspeise:	*Spaghetti alla Matriciana, Pomodori = Tomaten Hobbys: Mäuse beobachten, Träumen von Italien*

Ganz plötzlich trat sie, vielmehr schlich sie in mein Leben auf zarten Pfoten – meine Freundin. **Ich hatte noch nie zuvor eine richtige Freundin gehabt.** Ein Katzen-Mädchen, dem ich meine Geheimnisse erzählen konnte. Olivia. Der Name klingt nach Sonne, riecht nach Meer, schmeckt nach Oliven.

Zuvor hatte ich jedoch noch eine kleine Begegnung. An einem schönen Nachmittag im April sitze ich wieder einmal im Atelier auf meinem mediterranen Sofa. Ich schaue hinaus auf den kleinen Weg, denn ich bin gespannt, wer da kommt. Balsamico? Da entdecke ich zwei kleine Kinder: ein Mädchen und einen etwas kleineren Jungen. Der Junge hat schwarze Haare und fährt auf einem Dreirad. Das sind wohl Nachbarskinder. Wenn ich vorne am Fenster sitze, schauen die beiden schon mal hinein mit den Worten: »Eine Katze! Moritz, schau mal da ist eine süße Katze!«, sagt das kleine Mädchen.

»Manon, ich möchte die Katze streicheln. Sollen wir da mal hineingehen und klingeln?«, fragt der Junge mit dem schwarzen Schopf.

»Nein. Heute nicht. Vielleicht ist die Katze irgendwann einmal im Garten. Dann darfst du sie anfassen.« Danach ziehen die Kinder weiter und ich warte wieder. Warte, damit in meinem Katzenleben etwas passiert …

Einige Stunden später … Balsamico kommt angelaufen. Doch er ist nicht allein! Neben ihm eine dunkel gestromte Katze. Wunderschön. Die beiden Samtpfoten laufen auf unser himbeereisfarbenes Haus zu. Sie scheinen es eilig zu haben. Schnell springe ich die Treppe hinunter, laufe durch die Glastür mit der Tulpe in Richtung Salon zur Terrassentür. Genau in diesem Moment kommen die beiden um die Hausecke. Von nahem ist die dunkel gestromte Katze besonders niedlich: fast schwarzes Fell, helle Öhrchen, weißer Bauch, weiße Beine und weiße Pfoten, weiße Schnauze, rosa Näschen. Und das Besondere: Im Gesicht ist die Katze dunkel getigert – einfach zauberhaft! Wer mag das wohl sein?

»Buon giorno, Anja. Ich habe dir jemanden mitgebracht. Meine Schwester = la mia sorella. Se chiama Olivia. Sie heißt Olivia.« Mit diesen Worten begrüßt mich Balsamico.

Olivia trägt ein rotes Halsband mit einem goldenen Glöckchen und einem roten Lederetui, das wohl ihren Namen enthält, wie mein Frauchen Louisa später meint.

»Du bist also Anja Minouche. Balsamico hat mir schon viel von dir erzählt. Aber nur mir! Und dies ganz heimlich und verstohlen! Ich komme aus Italien. Bella Italia. Kennst du das Land? Soll ich dir davon erzählen?«, wispert sie und zeigt dabei ihr hellrotes Zünglein in ihrem zarten rosa Mäulchen. Wie süß!

»Ja, gerne. Meine Katzeneltern haben mir schon von Italien vorgeschwärmt. Manchmal kochen sie auch Italienisch. Auch Eric, der junge Herr, hat früher schon mal sonntags Italienisch gekocht: Spaghetti alla Matriciana. Das ist lecker mit den Schinkenstückchen! Kocht ihr auch Italienisch zu Hause?«, frage ich gespannt.

»Ja, meine Katzeneltern sind besondere Fans der ›Cucina italiana‹. Spaghetti alla Matriciana. Hm, hm! Das ist mein Lieblingsessen. Da läuft mir das Wasser im Munde, d.h. in der Schnauze, zusammen!«

Balsamico hört uns aufmerksam zu. Offensichtlich freut er sich, dass wir beiden Katzen uns spontan verstehen.

Das war die erste Begegnung mit Olivia, der Schwester von meinem neuen Freund. Sie wird noch in meinem

Tagebuch vorkommen. Denn von da an kam sie fast jeden zweiten Tag vorbei, um mit mir zu plaudern.

Manchmal saßen wir beiden Frauen bei herrlichem Sonnenschein zusammen auf der kleinen, weißen Terrasse aus Carrara-Marmor hinten im Garten und träumten. Ich träumte von der Nähe – sie von der Ferne! Ich träumte von meinem Leben hier mit Balsamico. Sie träumte von einem Leben im warmen Süden weit weg von hier.

Einmal kam sie ganz schnell angelaufen, ganz aufgeregt war sie!

»Anja, cara amica = liebe Freundin, wir haben einen dicken Brief aus Italien bekommen. Einen Brief mit Fotos. Von unserem Ferienhaus in Forte dei Marmi in der Toskana. Und mit Fotos von Katzen. Von meiner Schwester und meinem Bruder, die in Italien leben. Ich erinnere mich dunkel an sie. Waren sie doch sehr klein, als wir sie verlassen mussten. Meine Schwester heißt Ariana. Sie ist weiß mit einer schwarzen Nase, kleinen, schwarzen Ohren, einem kleinen dunklen Latz und schwarzen Pfoten. Also ist ihr Fell wie meins, nur umgekehrt gefärbt: weißschwarz und nicht schwarz-weiß. Das finde ich drollig. Ich möchte Ariana wieder sehen. Mein Bruder Cesare ist ganz schwarz wie die Nacht. Er hat wunderschöne, grün funkelnde Augen. Wenn ich an die beiden denke, bin ich traurig. Ich möchte meine Traurigkeit in Hoffnung verwandeln. Mein Zurückschauen in Vorwärtsblicken verwandeln. Meine Melancholie in Vorfreude verwandeln. Vorfreude auf ein Wiedersehen! Wird es das geben? Der Weg ist so weit!«

»Warte, Olivia, ich hole eine Landkarte. Mein Herrchen hat einige davon. Ich weiß, wo Italien liegt. Kalle hat es mir gezeigt.« Gesagt, getan. Ich springe flink die Treppe hoch ins Atelier, schnappe die Landkarten und renne zu meiner Freundin. Olivia wartet schon ganz gespannt! Mit meiner rechten Pfote zeige ich ihr Deutschland auf der Karte. Dann Bonn. Dann tippe ich auf Italien und da auf Pisa. Das ist in der Nähe von Forte dei Marmi. Mein junger Herr Eric ist dort schon einmal hingeflogen mit Christin. Als ich meine Tatze fest auf Forte dei Marmi lege, meint Olivia plötzlich:

»Das ist ja weit. So 1000 Kilometer oder mehr! Aber nicht so weit wie Afrika, wo meine Verwandten, die Großkatzen, wie Tiger, Geparden und Löwen, leben. Auch die würde ich gerne einmal kennen lernen! Doch zunächst möchte ich nach Italien fahren. Meine Schwester Ariana hat mir nämlich in ihrem Brief von einem Projekt erzählt. Das ist ein ganz neues interessantes Projekt.«

»Worum geht es da?«, will ich wissen und stelle neugierig meine Ohren nach vorne, wie wir Katzen es immer tun, wenn wir lauschen und etwas unbedingt hören möchten.

»Weißt du, meine Freundin Anja, unser Projekt ist nicht nur total neu, sondern auch total wichtig! Wir Katzen aus ›gutem Hause‹, wie die Menschen so sagen, möchten armen Katzen helfen. Katzen, die kein festes Zuhause haben. Dies sind so genannte Streuner. Wir wollen dafür sorgen, dass diese Katzen regelmäßig Futter und Wasser bekommen. Wir stellen uns vor, dass unsere Katzeneltern jeweils ein oder zwei andere Minitiger mitversorgen. Das wollen wir erreichen. Oh, ich erzähle schon so, als ob ich bereits dabei bin! Ariana hat das so anschaulich und wirklichkeitsnah geschildert. Also: Zu diesem Zweck haben Ariana und andere Katzen aus der Umgebung eine Projektgruppe gegründet. Diese Gruppe hat schon 11 Mitglieder. Einen Namen hat das Team auch schon: **Auxilia** hat sich das Katzen-Hilfswerk genannt. Das ist Lateinisch und heißt ›Hilfe‹ auf Deutsch. Ein treffender Name, nicht wahr? Was meinst du? Auf jeden Fall finde ich das alles total spannend!«, sprudelt es aus meiner neuen Freundin heraus. Sie miaut wie ein Wasserfall.

»Das finde ich auch spannend! Miau, miau«, entgegne ich mit einem Augenzwinkern. Nach einem Weilchen fahre ich fort:

»Wenn du von Streunern sprichst, muss ich an Kater Max denken. Er war ein Streuner und ein Filou. Er war meine erste große Liebe. Diese süße Liebesgeschichte habe ich in meinem ersten Tagebuch aufgeschrieben. Das ist eher eine bitter-süße Liebesgeschichte.«

Aber lest das selbst. Ich freue mich, wenn ihr, liebe Katzenfreunde, Tierfreunde und Leseratten, euch dieses Buch holt, es euch auf einem bequemen Sessel gemütlich macht, wie wir Katzen dies bisweilen tun, und mein erstes Werk, die »Naschkatzen leben länger …«, zur Hand nehmt. Eine Geschichte von Liebe und Freundschaft.

»Jedenfalls finde ich es schön, wenn du, cara Olivia, Streunern wie Max helfen willst. Wir und seine Teilzeitfrauchen haben ihn damals auch mitversorgt.«

Olivia wedelt mit ihrem schwarzen Schwanz und lächelt mit ihrem süßen rosa Näschen im hübschen, getigerten Katzengesicht. Offensichtlich freut sie sich, dass ich, Katze Anja, sie verstehe.

»Sind wir nun wirklich Freundinnen?«, frage ich mit meinen großen Augen die schöne Olivia.

»Ja, das sind wir für immer und ewig. Zwei wahre Freundinnen, die immer füreinander da sind!«

Das war ein sehr interessantes Gespräch zwischen zwei Weibchen. Und ich bin glücklich, dass ich nun auch eine richtige Freundin habe.

»Willst du einmal heiraten?«, frage ich Olivia neugierig, wie ich als Katze nun einmal bin.

»Ja, aber dann soll es ein Italiener sein!«, spricht sie und läuft davon.

Heimat – Heimweh

Wir alle haben nur ein einziges Leben.

Von diesen Gesprächen, gleichsam zwischen Frauen, sollten noch einige folgen. Ein herrlicher Nachmittag im Juni auf unserer kleinen Terrasse.

»Warum bauen die Katzen und Menschen aus einem anderen Land nicht ihr eigenes Land auf? Wir alle – ganz gleich, ob wir Katzen oder Menschen sind – haben nur ein einziges Leben. Sollten wir dies eine Leben nicht in dem Land verbringen, das unsere Heimat ist? In dem Land, dessen Sprache wir sprechen? Dessen Geschichte und Kultur wir kennen und verstehen? In dem Land, in dem wir uns wohl fühlen? In dem Land, in dem wir zu Hause sind?«, miaut Olivia nachdenklich.

»Ja, Olivia, das finde ich auch. Deswegen kann ich ja verstehen, wenn du zurück nach Italien möchtest, um den anderen Katzen dort beim Aufbau ihres Netzwerkes zu helfen. Das ist sicher eine sehr, sehr sinnvolle Aufgabe«, entgegne ich.

»Selbstverständlich kann man auch in einem anderen Land seinen Beitrag leisten. Sicher das kann auch ein neues Land sein, das zunächst fremd ist. Aber wir müssen uns dort geborgen fühlen. Unseren Platz gefunden haben. Oder versuchen, ihn zu finden. Wie kann das geschehen? Indem wir die Landessprache lernen. Zusammen mit den Katzen und Menschen dort Feste feiern. Zum Beispiel Karneval. Karneval in Venedig ist zwar anders, schon bedingt durch das wärmere Klima. Meistens scheint dort im Februar oder März bereits die Sonne, und es sind bisweilen 15 bis 17 Grad. Aber hier in Deutschland in Bonn ist Karneval auch sehr aufregend! Die Kinder in unserer Familie verkleiden sich als Katzen!«, so der Kommentar von Olivia.

»Ja, nur ist es hier manchmal frostig kalt. Bis in die Minusgrade. Im letzten Jahr hatten wir zu Karneval 5 Grad minus. Da bin ich, Katze Anja, nicht aus dem Haus gegangen. Ich habe nur meine Nase zum Schnuppern aus der leicht geöffneten Terrassentür hinausgestreckt. Hui, hui, war das kalt!«

Olivia: »Das ist auch ein Grund, warum ich Sehnsucht nach Italien habe. Sehnsucht nach der Sonne, nach der Wärme. So sind in Venedig die Karnevalsumzüge bunter, fröhlicher, ausgelassener. Die Katzen frieren nicht. Und die Menschen sind dünner angezogen, bunter, farbenfroher!«

Dann irgendwann kommt Balsamico vorbei und mischt sich in unsere Diskussion ein. Zum Thema Essen stellen wir drei Katzen – Olivia, Balsamico und ich – fest, dass wir alle drei »la cucina italiana« sehr mögen, aber wir schieben unseren Futternapf mit deutscher Speise auch nicht weg. So ein Stückchen deutsche Wurst oder Würstchen oder auch ein wenig Hüttenkäse kann ganz lecker sein. Hm, hm, hm. Ich strecke meine Zunge aus der Schnauze. Das soll heißen, ich möchte noch mehr davon futtern. Meine Katzenmenschen verstehen mich schon. Und meine Freundin Olivia verstehen sie auch. Sind doch bestimmte Gesten und Verhaltensweisen international. Und obwohl Olivia sich als italienische Katze, also als Italienerin fühlt, hat sie doch die deutsche Katzensprache sehr gut gelernt und kennt unsere Kultur sehr gut.

In diesem Zusammenhang fällt mir ein wichtiges Zitat von John F. Kennedy, dem berühmten amerikanischen Präsidenten, ein:

»Frage nicht, was dein Land für dich tun kann, sondern frage, was du für dein Land tun kannst.«

Frauen und Katzen

»Hast du dein Frauchen auch so lieb?«, diese Frage stellt mir Olivia eines Tages. »Bist du auch so vertraut mit Louisa wie ich mit meinem Frauchen? Bist du gern in ihrer Nähe?«

»Ja!«, stimme ich zu, ohne auch nur einen Moment zu zögern.

»Dann möchte ich dir eine kleine Geschichte erzählen:
Frauen und Katzen …
…aber plötzlich wurde die Tür aufgerissen. Schreiend rannte der Jäger davon. Mit beiden Händen hielt er sich schützend den Kopf, denn hinter ihm rannte seine Frau. Sie hatte einen Holzscheit in der Hand, den schlug sie dem Jäger um die Ohren. Dazu schrie sie laut und schimpfte. Und der Jäger rannte und rannte.

Das, dachte sich die Katze, muss nun wirklich das aller stärkste Wesen auf Erden sein.

Seit dieser Zeit halten sich Katzen besonders gern in der Nähe von Frauen auf.«
(aus Afrika)

Auch Balsamico hat sein Geheimnis

»Auch Balsamico hat sein Geheimnis … Finde es heraus, meine Freundin Anja.«

So oder ähnlich lauteten die Worte, die Olivia mir eines Tages mit auf den Weg in die Nacht gab.

Lange dachte ich über diese Worte nach. Doch ich kam zu keinem Ergebnis. Irgendwann würde ich es wissen. Damals wusste ich noch nicht, dass dies Geheimnis mich traurig stimmen würde – unendlich traurig …

<u>Doch nun wollte ich erst einmal meine neue Liebe genießen.</u> Jeden Augenblick auskosten. Manchmal lockte mein Balsamico mich ganz heimlich mit einem zarten »Miau, miau« hinten in unseren Garten auf unsere

Marmor-Terrasse. Einmal – es war an einem warmen Tag Ende Mai – saßen wir ganz verliebt bei Sonnenschein und einem leichten Wind unter dem blauen französischen Provence-Tisch auf eben dieser kleinen Terrasse.

»**Amami teneramente**«, flüstert mein Schmusekater ganz zärtlich.

»Liebe mich zärtlich«, folgt ganz leise seine Übersetzung des kleinen italienischen Satzes. Mein Katzenherz schlägt bum, bum. Ich bin total aufgeregt. So etwas Liebes hat noch niemand zu mir gesagt. Balsamico gibt mir drei Küsschen auf meine Schnauze und umarmt mich mit seinen braunschwarzen Tatzen. Die Sonne scheint noch immer. Doch dann ganz plötzlich plattert es vom Himmel. Dicke Regentropfen. Ohne Worte fliehen wir unter die große Tanne, die uns Schutz vor dem Regen bietet.

»Romantico!«, haucht Balsamico. Ein Küsschen folgt dem anderen. Es folgt noch mehr … Passione = Leidenschaft. Balsamico wird mein Liebhaber.

»Liebe am Nachmittag« – ich muss an den gleichnamigen Film denken, den ich an einem Sonntagnachmittag mit einem Frauchen oben im Atelier gesehen habe. Ein süßer Film mit Audrey Hepburn und Maurice Chevalier sowie einem jungen, hübschen Schauspieler aus Frankreich, glaube ich. Doch eine Geschichte ohne Katze. Schade!

Dann entdecken wir beide einen Regenbogen. Blau, Grün, Gelb, Orange, Rosa, Violett – einmalig diese Farben!

»Wünsch dir was! Doch du darfst deinen Wunsch

niemandem sagen. Sonst geht er nicht in Erfüllung!«, flüstert mein Schmusekater.

Ganz heimlich, still und leise sage ich in Gedanken meinen Wunsch zu mir selbst: Ich wünsche mir, dass wir zusammenbleiben.

Es folgten Tage des Glücks, der Glückseligkeit! Weiterhin versuchte ich, unsere Liebe geheim zu halten. Es sollte eine heimliche Liebe bleiben. Nur Olivia wusste davon. Vielleicht ahnte mein Frauchen Louisa auch etwas. Aber sie ließ es sich nicht anmerken. Bisweilen öffnete sie mir die Terrassentür, so dass ich, von meinem Herrchen unbemerkt, in den Garten laufen konnte. Ich flitzte förmlich unter die hintere Tanne, wo Balsamico meist schon sehnsuchtsvoll auf mich wartete. Wenn mein Herrchen dann nach mir rief, duckte ich mich ganz tief, tat so, als ob ich nichts höre. Und wartete. Balsamico verstand sofort und war auch total leise. Leise Küsse.

Als Katze entscheide ich, wann ich mich bemerkbar mache. Ich entscheide, wann ich auf Rufe nach mir höre. Da bin ich immer noch eigenständig. Ich weiß schon, wie weit ich gehen kann. Wenn die Stimme von meinen Katzeneltern ganz traurig klingt und einer von beiden oder beide ganz unruhig hin und her laufen, dann weiß ich: nun ist es an der Zeit. Und komme aus meinem Versteck hervor. Möglichst so schleichend und vorsichtig, dass mein Versteck – in diesem Fall die Tanne hinten in unserem Garten – auch mein Versteck bleibt.

Die Reise nach Bad Neuenahr

Alles war wunderbar. »Fantastisch!«, wie Audrey Hepburn in dem Film »Frühstück bei Tiffany« so ausdrucksvoll sagte. Ihr wisst schon in dem Film mit dem imposanten Kater. Ich wünschte mir, es würde alles so bleiben. Meine neue Liebe machte mich glücklich. Das waren nicht nur Glücksmomente. Das war mehr.

Pfingsten 2003
Spontan beschlossen die Katzeneltern von meinem Freund, über Pfingsten und noch eine Woche danach nach Bad Neuenahr zu fahren, wo sie eine Ferienwohnung haben. Die beiden Katzen Olivia und Balsamico wollten sie hinten im Wagen mitnehmen. Die Strecke dorthin ist relativ kurz. 18 Kilometer mit dem Auto oder so. Zwei Katzenkörbchen gibt es dort auch. Und zwei Futternäpfe sowie zwei Wassernäpfe. Balsamico gestand mir, dass er sehr traurig über die geplante Kurzreise sei. Dann kann er mich ja einige Tage nicht besuchen. Zum Abschied am Freitag vor dem besagten Wochenende umarmte er mich zärtlich und miaute:

»Bis bald, arrivederci und ciao! Ich werde vor Sehnsucht nach dir vergehen! Schade, dass du nicht mitkommen kannst«, jammerte mein Schmusekater mit tiefer Stimme und verschwand im Nebel der Nacht.

Dienstag nach Pfingsten
Erst kam ein Brief, dann kam …
  Kurz nach 10.00 Uhr. Frauchen und ich, wir sitzen gerade bei unserem »Frühstück bei Tiffany«. Ihr wisst

schon, unser Frühstück mit Croissant und leckerer Butter und Kaffee … Und wir lauschen gerade dem Lied von Lionel Richie »Just for you …«, unserem Lied! Da kommt der Briefträger. Ich erkenne ihn an seiner Schirmmütze und an den kleinen und großen Briefen, die er für uns in der Hand hält. Heute ist ein rosa Brief dabei. Für wen mag der wohl sein. Louisa holt die Post, legt sie auf den Tisch neben unser Frühstück. Da setze ich mich doch direkt auf den rosa Briefumschlag. Es ist, als hätte sie diesen extra für mich hingelegt. So etwas liebe ich ja – eine weiche Unterlage zum Hinsetzen. Das ist dann mein Plätzchen. Louisa lacht:

»Ja, Anja, das ist wirklich Post für dich!«

»Mein erster Brief!«, miaue ich voller Freude. »Wer schreibt mir denn?« das ist hier die Frage. Auf dem rosa Brief ist eine Tatze mit blauer Tinte aufgedruckt.

Hier der Wortlaut des Briefes:

❤ ❤ ❤ **Anja**, *meine Liebe – Anja, amore mio,*

heute ist Dienstag, und ich bin schon drei Tage hier – ohne Dich, ohne unsere Küsse, unsere Zärtlichkeit. Die Sonne scheint in unser Zimmer, dessen Fenster auf die Ahr zeigt. Wie viele Kilometer bist Du von mir entfernt? Wie viele Stunden, wenn ich zu Dir laufen würde? So bleibt mir nur, von Dir zu träumen.

Von unserer »Liebe am Nachmittag«. Kennst Du den süßen Film »Ariane – Liebe am Nachmittag« mit Audrey Hepburn und Maurice Chevalier? Vor langer Zeit habe ich ihn mit meinen Katzeneltern im Fernsehen gesehen. Sehr romantisch!

Ti voglio bene, ti amo, ti desidero ...= Ich mag Dich gern, ich liebe Dich, ich begehre Dich.
   Ciao Bella! Un bacio per te! = Ein Kuss für Dich!

<u>Per sempre</u> = Für immer!
   Balsamico, il tuo amore

Diesen Brief nehme ich heute Nacht mit in mein rosa Körbchen. Ich schlafe auf ihm. Welch ein Gleichklang der Gedanken. Auch mein Schmusekater hatte an den Film »Ariane – Liebe am Nachmittag« gedacht.

Und dann am selben Dienstagnachmittag nach dem einsamen Wochenende stand Balsamico plötzlich an der Terrassentür. Mit großen Augen, einem Lächeln um seine Schnauze und einem inständigen »Miau, Miau«, das so laut war, dass ich es im Salon hören konnte. Ich hielt gerade mein Mittagsschläfchen, meine Siesta. Und träumte vom siebten Himmel. Das könnt ihr euch ja denken. Das ist bei den Menschen sicher ähnlich, wenn sie frisch verliebt sind. Ja oder Nein?
   »Amore mio, erzähle mir, wie du so schnell nach Mehlem gekommen bist«, schaue ich meinen Schmusekater ganz verliebt an.
   »Ja, das war so ...«, macht Balsamico es spannend.
   »Ich hatte Sehnsucht, unendlich große Sehnsucht nach dir. Herzstiche vor Sehnsucht. Und dann hatte ich noch Heimweh nach Bad Godesberg. Stell dir vor. Immaginiti. Als ich dann heute am frühen Nachmittag aus dem Haus lief, um einen kleinen Spaziergang zu machen – per fare una piccola passegiata – entdeckte ich

unser Auto vor dem Haus. Die linke hintere Tür war geöffnet. Da musste ich die Gelegenheit nutzen! Ich sprang in den Wagen, kuschelte mich auf den linken hinteren Sitz und harrte der Dinge, die da kommen mögen. Beim Frühstück hatte ich zufällig gehört, dass mein Frauchen die Post aus Mehlem holen wollte, einen wichtigen Brief. Ja, der war jetzt für mich wichtig. Denn ich erkannte für mich die Chance, dich wieder zu sehen. Eher als gehofft!

Und so war es denn auch. Mein Frauchen setzte sich ans Steuer, nachdem sie die hintere Tür geschlossen hatte. Ganz automatisch, ohne in den Fond zu schauen. Das war mein Glück. Ich kuschelte mich zu einem ganz kleinen Knäuel und versuchte, leise zu atmen und auf keinen Fall zu schnurren. Dies obwohl mir gerade danach zu Mute war. Meno male! = Gott sei dank. Wir fuhren in die richtige Richtung, geradewegs nach Bonn. Im Bonner Süden waren wir dann zu Hause. Heimlich, still und leise sprang ich meinem Frauchen lautlos hinterher, als sie den Wagen verließ. Sie war so in Gedanken, dass sie mich nicht bemerkte. Zu dir zu laufen, liebste Anja, war nur noch eine Sache von wenigen Minuten! Hier bin ich nun!«, erklärt Balsamico und untermauert dies mit einem besonders wilden Kuss.

Das habe ich noch nie erlebt, dass jemand meinetwegen eine Reise abbricht. Ich bin total begeistert. Wo Reisen doch so wichtig zu sein scheint! Ein Küsschen folgt dem anderen …

Das wurde wieder ein sehr schöner Nachmittag. Liebe am Nachmittag!

Abends kehrte mein Schmusekater in sein Haus zurück. Dort wartete schon seine Katzenoma, d.h. die Mutter seines Frauchens, die bei ihnen wohnt. Diese empfing ihn ganz aufgeregt, nahm ihn auf den Arm und kredenzte ihm anschließend sein Lieblingsfutter: Sheba alla Italiana mit feinen Kräutern und ein ganz klein wenig Balsamico Essig = Aceto Balsamico. So wurde er für seine Flucht sogar belohnt!

Meine Freundin Katze Olivia ist glücklich in ihrer Heimat Italien

Der Frühling war zu Ende. Es kam der Sommer. Und mit ihm dann später ein süßes Erlebnis mit Frau Sommer und ihrem kleinen Sohn Caspar Sommer. Doch das erzähle ich später. Immer der Reihe nach.

Olivias Reise nach Italien

Juli 2003

Die Ferienzeit begann. Die Katzeneltern von Olivia und Balsamico hatten wieder eine Reise geplant. Diesmal eine lange, weite Reise. Nach Italien. Genau gesagt nach Forte dei Marmi in der Toskana. Wie ich ja schon berichtet habe, besitzen sie dort ein Ferienhaus. Die Katzen wollten sie hier bei der Oma lassen, was auch ganz im Sinne von Balsamico war. Wie ihr euch denken könnt.

Nur Olivia wollte unbedingt mitfahren. Sie bedeutete dies, indem sie sich ständig neben und in die Koffer setzte, als diese gepackt wurden. Sie hatte Heimweh nach Italien. Sehnsucht nach ihren Geschwistern in Italien. Zumal einige Tage vor der geplanten Abreise noch ein dicker Brief aus Italien gekommen war. Mit vielen Fotos – vom Haus und der Landschaft, auch vom Haus der Nachbarn, in dem Napoleone, der Vater von Olivia und Balsamico wohnte. Ein Foto von Napoleone, imposant und stattlich, sowie ein Foto mit Ariana und Cesare, den beiden Geschwistern von Olivia und Balsamico. All dies trug dazu bei, dass Olivias Heimweh ins Unendliche wuchs. Dies berichtete mir Balsamico an einem unserer gemeinsamen Abende.

Schließlich gaben Olivias Katzeneltern nach und beschlossen, sie mit auf die Reise zu nehmen. Freudestrahlend kam meine Freundin zu mir und rief aus:

»Ich bin so glücklich. Darf ich doch mit in mein Vaterland, mein Heimatland fahren! Ich schreibe dir aus

Italien.« Dann lief sie davon so schnell, als würde es gleich losgehen.

Es dauerte ein Weilchen, bis der erste Brief von Olivia kam.
　Zuvor ereignete sich die Geschichte mit Caspar.

Eia, eia, patsch – wer besucht mich denn da? – Besuch von Caspar Sommer

Ein heißer Tag – einer von diesen Hundstagen im Sommer 2003.
　Eingerollt wie eine Schnecke liege ich gemütlich in meiner Lieblingshaltung auf dem rosa Teppich im Salon. Plötzlich höre ich Stimmen: Louisas Stimme und eine mir unbekannte Stimme. Dann Schritte: taps, taps, taps. Neugierig, wie ich nun einmal bin, muss ich nachschauen. Wer besucht mich heute?
　Eine junge Frau im Alter von Erics Frau Christin und ein kleiner Mensch – sicher das Kind von der jungen Frau. Endlich jemand, der kein Riese ist! Vom Kopf bis zu den Füßen schaue ich mir den kleinen Mann an. Große, blaue Augen blicken mich an.
　Der kleine Junge ist lieb. Er möchte die »Katze besuchen«, also mich.

»Da, da!«, ruft er und zeigt mit dem Zeigefinger auf mich, kreischend vor Freude! Meine armen Ohren! Ihr müsst wissen, meine Ohren sind besonders empfindlich gegenüber hellen Tönen. Deswegen habe ich es auch nicht so gerne, wenn aus dem Radio oder dem Fernsehgerät schrille Musik und laute Geräusche tönen. Könnt ihr das verstehen?

Caspar hat verstanden. Er ist still, schaut mich wieder mit seinen leuchtenden, blauen Augen an. Eia, eia – er streichelt mich, zuerst zaghaft, dann ein wenig mutiger. Er freut sich! Ich freue mich auch – insbesondere darüber, dass Caspar und seine Mami mich besuchen.

Mal sehen, was die beiden tun, wenn ich den Salon verlasse. Ganz leise schleiche ich mich in die Küche. Alle drei, nämlich Louisa und unsere beiden Gäste, folgen mir!
 Was bin ich wichtig! Und es passiert etwas in meinem beschaulichen Katzenleben. In der Küche stelle ich mich vor meinen Teller, der auf einer bunten Serviette auf dem Boden steht. Das bedeutet: Ich möchte Milch. Meine Katzenmenschen verstehen das schon! Louisa gießt etwas Katzenmilch ein – »du lait« aus dem Milchtöpfchen und ein wenig Wasser – »un un peu d'eau« aus dem winzigen Porzellankännchen. Diese Gefäße kenne ich alle. Es fehlt noch Kaffeesahne – Menschenmilch = »de la crème«.
 »Schleck, schleck« – das tut gut bei dieser Hitze in dem diesjährigen so genannten »Hammersommer«.

Einige Tage später:
 Die beiden kommen wieder. Ich freue mich. Wieder »Eia, eia ...« ich genieße es, so zart gestreichelt zu werden, das »patsch« brauche ich nicht – das weiß der kleine Caspar.
 Caspars Mami Solveigh Sommer erzählt:

»Zuhause haben wir ein Buch mit Bildern von Tieren. Abends vor dem Einschlafen lese ich dann Caspar vor, was die Tiere auf den Bildern tun. Einige Katzen trinken Milch. Caspar zeigt dann stets auf eine dunkle Katze, die so aussieht wie Katze ANJA. Immer wieder will er dieses Bild anschauen.«

Dann denkt er sicher an mich.

Manchmal sehe ich von unserem Fenster im Esszimmer aus, wie die beiden bei uns am Gartenzaun vorbeigehen. Caspar rüttelt behutsam am Tor. Bestimmt möchte er mich besuchen. Ich freue mich. Miau, miau!!

Seine zierliche Kinderhand riecht irgendwie vertraut.

»Prendre un enfant par la main« … = »ein Kind an die Hand nehmen« – diese Melodie von Jacques Brel klingt Louisa und mir im Ohr …

Wann kommst du wieder, mein neuer, kleiner Freund?

Dolce Vita – Dolce Farniente

Das sind zwei Mottos der italienischen Lebensweise. So sagt man.

Mein Balsamico hat mir diese Begriffe erklärt. In seinem schwarzen Samtanzug sieht er »molto elegante« aus. So als schlendere er wie die eleganten Italiener in Rom die Via dei Condotti entlang. Die mit den Designerläden von Armani, Gucci, Cerruti, Dolce & Gabbano etc. Dort ist auch das Café Greco, in dem selbst unser alter Meister Johann Wolfgang von Goethe schon seinen Espresso eingenommen hat, vielleicht mit einem dieser feinen Törtchen = dolce, die sich dem Besucher in der vornehmen Vitrine rechts vom Eingang genüsslich präsentieren. Also Balsamico richtet seine Schritte in Richtung Piazza di Spagna = Spanischer Platz, der wiederum geradewegs zur Scala di Spagna = Spanische Treppe führt. Hier finden die großen und kleinen Modeschauen berühmter Couturiers statt. Ein umwerfendes Bild, wenn die Models die Scala di Spagna hinunter schreiten. Ich, Katze Anja, stelle mir vor, wie ich in meinem süßen Tiger-Look mit weißem Samtkragen und weißen Pfötchen die Spanische Treppe hinunter schreite. Das ist wohl das »dolce vita« = das so genannte »süße Leben«! Aber das bedeutet Arbeit. Meiner Meinung nach.

»Dolce farniente« = »Süßes Nichtstun« . Das heißt faul sein, faulenzen.

Natürlich alles zu seiner Zeit.

»Auf die richtige Dosierung kommt es an!«, hat schon der berühmte Arzt des Mittelalters Paracelsus, eigentlich Theophrastus von Hohenheim, gesagt. So bin ich manchmal fleißig, wenn ich zum Beispiel eine Maus fange oder mit meinen Katzeneltern Fußball mit meinen Stoffhühnchen spiele. Faul bin ich dann, wenn ich mich auf das zierliche italienische Sofa aus zartbuntem Rattan setze, mich wie eine Schnecke einrolle und träume. Von meinem kleinen, eleganten Italiener!

Eifersucht

»Anja, du bist so süß!

Deine großen Augen mit den langen, schwarzen Wimpern.

Deine weißen Fühler, eigentlich Schnurrbarthaare.
Dein samtiger, weißer Latz.
Deine weißen Pfötchen.
Dein rosa Näschen.
Da gibt es bestimmt noch andere Verehrer.«

Mit diesen Worten stürmt Balsamico an einem lauen Augustabend zu mir vor unsere schräg geöffnete Terrassentür. Welcher Teufel hat ihn denn da geritten! Meinen sonst so sanften Schmusekater, der mich stets so lieb aus seinen warmen Augen anschaut, die je nach Tageszeit und Lichteinfall bisweilen blau-grün, bisweilen rehbraun schimmern.

»Neulich gerade konnte ich von weitem beobachten, wie der flotte Franzose Jacques um euer Haus schlich, in alle Fenster spähend. Er war ganz offensichtlich auf der Suche nach meinem Schmusekätzchen. Ist er etwa auch verliebt in dich, dieser freche Kerl?«, die Augen von Balsamico funkeln wie die des eifersüchtigen Othello.

»Ach der Kater! Wir kennen uns schon lange und sind alte Freunde. Da brauchst du wirklich nicht eifersüchtig zu sein«, versuche ich meinen Liebhaber zu beschwichtigen.

»Und was ist, wenn Maximilian eines Tages wiederkommt? Miau, miau?«, fragt Balsamico mit kläglicher Stimme.

»Hab' keine Angst. Jetzt bin ich doch in dich verliebt. Du bist mein neuer Freund! Ich liebe dich von ganzem Herzen. Balsamico, ich liebe dich so sehr!«

»Anja, und ich liebe dich noch viel mehr!«

Das war die schönste Liebeserklärung, die ich je gehört habe.

Ein Brief von Olivia

Es war an einem Sommertag Mitte August 2003. Louisa und ich – wir schauten oft in den Briefkasten, ganz gespannt. Ich lief Louisa stets hinterher, weil ich auf Post von meiner Freundin Olivia wartete. Sehnsuchtsvoll. Wie mag es ihr ergangen sein dort im fernen Italien? In bella Italia.

An diesem warmen Tag im August entdecken wir einen rosafarbenen Brief in unserem weißen Briefkasten. Auf dem Umschlag steht:

Anja Minouche Hornig
Rosa Haus am Park
Bonn
Germania
Absender: Olivia, Italia

Ich bin total glücklich. Und total gespannt. Das ist mein zweiter Brief. Zuerst einmal rieche ich an dem Brief. Ja, er duftet nach Olivia. So wie sie duftet. Nach einer Mixtur aus Limonen, Erdbeeren und Oliven!

Voller Spannung und Freude öffne ich den Umschlag. Hier der Wortlaut:

Cara Anja, amica mia – Liebe Anja, meine Freundin,
  oft habe ich an Dich gedacht. Doch ich war so beschäftigt mit unserem Projekt, dass ich keine Zeit fand, Dir früher zu schreiben. Ich hoffe und wünsche, dass es Dir gut geht, dass Du schön schnurrst und Du mit Balsamico den Sommer genießt.

Nun zu unserem Projekt **Auxilia.** *Ich habe Dir ja davon erzählt. Wir sieben Katzen und vier Kater – also insgesamt sind wir elf Katzen – die in dem Projekt mitarbeiten, sind sehr fleißig. So ist es uns bis heute gelungen, für 33 Katzen und Kater, die herumstreunten, eine Heimat zu finden. Aus Streunern sind Freigänger geworden. Drei Katzen sind sogar in einem herrlichen Hotel in Forte dei Marmi, unweit eines schönen Parks, untergekommen. Sie werden dort von der Besitzerin Signora Ramazotti versorgt. In der Hotelküche bleiben manchmal leckere Speisen übrig, wie Fisch, Huhn, Fleisch, Kartoffeln und Gemüse. Das stellt Signora Ramazotti den Katzen hin und natürlich einen großen Napf mit stets frischem Wasser, was ja sehr wichtig für uns Katzen ist. Schnurr, schnurr! Zwei hübsche Körbe aus naturfarbenem Rattan hat die Signora auch für die Katzen bereitgestellt. Von der Hotelfamilie und den Gästen bekommen unsere drei Freunde viele Streicheleinheiten. Und die Kinder der Gäste freuen sich, dass es Katzen im Garten des Hotels gibt. Fein, nicht wahr?*

Die anderen Katzen werden von kleinen und großen Familien betreut und fühlen sich alle in ihrem neuen Heim sehr wohl. Sie haben eine Heimat gefunden.

Diese Projektarbeit macht einen Riesenspaß und wir möchten unsere Aktivitäten ausweiten.

Meinem Papa und meinen beiden Geschwistern geht es sehr gut in Italien, »Bella Italia«. Sie genießen die Sonne, das leckere italienische Essen und alles in allem »la dolce vita« !

So, liebe Anja, das ist das Wichtigste für heute.
Ich sage Dir »Arrivederci« und
Ciao
Olivia, la tua amica

Was ist der Sinn des Lebens?

Als mein Schmusekater mich am selben Abend auf unserer kleinen Marmorterrasse besucht, zeige ich ihm den Brief von seiner Schwester. Er freut sich mit mir. Ich lese ihm den Brief vor, denn ich habe keine Geheimnisse vor Balsamico. Mein Liebster spitzt die Ohren und hört ganz aufmerksam zu. Plötzlich meint er:

»Was ist eigentlich der Sinn des Lebens? Das frage ich mich oft. Ist es das Ziel unseres Katzenlebens, Freude zu schenken, den Menschen Freude zu schenken …

Was denkst du, Anja?«

»Ja. Tiere helfen heilen. Das hat Louisa einmal gesagt. Tiere können eine große Bedeutung im Leben eines Menschen haben. Im Leben ihrer Menschen. Das heißt also, ich bin sehr wichtig für meine Katzenmenschen und du für deine. Mit mir ist mein Frauchen nie allein. Und ich bin nicht alleine, wenn Louisa, Kalle, Eric oder Christin da sind. Oder alle zusammen. Das ist natürlich am schönsten. Dann schnurre ich und lasse mich gerne knuddeln.«

»Du hast Recht. Mir geht es genauso. Ich liebe meine Familie bedingungslos. Ich finde unsere alte Oma, die nun schon über neunzig Jahre alt ist, schön, auch wenn sie viele Falten hat, die denen unserer Schildkröte Christophorus ähneln. Sie schaut so lieb und ist immer für uns Katzen da. Allein das ist wichtig! Das zählt!«, entgegnet Balsamico.

»Weißt du, lieber Schmusekater, manchmal spüre ich, wenn es meinem Frauchen nicht so gut geht. Dann bin ich einfach nur da! An anderen Tagen wiederum spüre ich, dass Louisa sich freut, wenn ich herumtobe, durch das Haus flitze. Treppauf, treppab. Dann wird sie von meiner Lebensfreude angesteckt und springt mit mir in den Keller, ins Atelier, in den Garten. Das macht irre Spaß!

Ja, auch ich liebe meine Familie bedingungslos. Auch wenn mir Louisa oder Kalle mal auf meine Pfote treten. Ich weiß, das geschieht aus Versehen und vergesse es ganz schnell. Ich bin dann auch nicht böse. Zugleich bin ich als Katze ein geheimnisvolles, unergründliches Wesen. Bisweilen kompliziert, bisweilen klar zu durchschauen. Zum Beispiel zeige ich deutlich, wenn ich Hunger habe. Dann laufe ich zu meinem Futternapf und flitze danach in die Küche zu dem Schrank, in dem sich mein Futter befindet. Dann weiß meine Familie schon, was ich möchte. Ihr seht, mit mir, mit uns Katzen ist es nie langweilig!

Alles in allem kann man sagen:

Der Sinn unseres Lebens ist es, für unsere Katzenmenschen da zu sein, nicht wahr, Balsamico?«

»Das hast du schön gesagt, liebste Anja«, meint Balsamico.

»Aber dann denke ich auch, Olivia hat ebenfalls einen Sinn in ihrem Leben gefunden. Eine Aufgabe, die sie erfüllen möchte. Nämlich den armen Streunern, die keine Heimat haben, zu helfen. Das finde ich fürwahr ein hehres Ziel«, füge ich nachdenklich hinzu.

»Ja, vielleicht werde ich sie einmal in Italien besuchen und mir anschauen, was sie und ihr Team erreicht haben.«

Das war zunächst der einzige Kommentar, den Balsamico dazu abgab.

Aber es sollte alles ganz anders kommen …

Irgendwann nahmen die traurigen Ereignisse ihren Lauf …

Doch zunächst einmal hatten wir einige schöne gemeinsame Erlebnisse, mein Balsamico und ich.

Ich beobachte Tiere

Wieder einmal sitze ich auf unserer hinteren Marmorterrasse unter einem blauen Gartenstuhl. Einem französischen Gartenstuhl aus der Provence. Wie liebe ich diese Stühle! Ich kann mich darunter verstecken und doch alles sehen. Den gesamten Park habe ich im Blickfeld. Alle Tiere: als da sind Kaninchen, Eichhörnchen, Vögel, Hunde und kleine Tiere, wie Schmetterlinge, Fliegen, Honigbienen und natürlich auch Mäuse. Die Mäuse beobachte ich besonders gerne. Mit schier unerschöpflicher Geduld. Plötzlich kommen sie aus ihrem Mäuseloch hervor, dann verschwinden sie wieder.

In der letzten Zeit finde ich auch Hunde sehr interessant. Faszinierende Tiere. Und oft so gehorsam. Was im Allgemeinen meine Art nicht ist! Insbesondere die kleinen Hunde haben es mir angetan. Es gibt da einen Hund mit ganz kurzem, glattem weißen Fell. Einen Rüden, wie die Menschen sagen. Er hat einen wunderschönen Kopf, fast ein Charakterkopf in den Farben Schwarz, Braun, Weiß. Die Menschen bezeichnen das Fell als tricolor:

drei Farben, wie der Name schon sagt. Mein Lieblingshund hat ein schwarzes Abzeichen am Schwanz, der meist hoch steht. Dieser Rüde muss noch relativ jung sein nach meiner Kenntnis. Außerdem hat mein Favorit zwei wunderschön klar gezeichnete Flecken am Körper; einer davon hat die Form eines Herzens! Einfach toll!

Ratet mal, was für eine Hunderasse das ist?

»Das ist ein Parson Russell Terrier«, miaut da plötzlich mein Schmusekater, der hinten aus unserem Garten auf die kleine Terrasse stürmt und sich unter den zweiten blauen Stuhl à la Provence setzt. Balsamico ist so süß spontan. Das liebe ich an ihm besonders.

»Woher weißt du das, amico mio?«, frage ich gespannt.

»Von meinem Frauchen Annabella. Sie liebt diese Hunderasse.«

»Mein Frauchen Louisa findet die Russells auch süß, sie sagt immer Russell-Bande, wenn sie zwei von diesen Hunden sieht. Irgendwann einmal möchte sie so einen Jacki oder eine Jackie haben.

Balsamico schaut mich mit seinen großen blauen Augen an und weiß nicht, was er dazu sagen soll.

So wechselt er das Thema:

»Mia piccola bambola, come stai? = Meine kleine Puppe, wie geht es dir? Ich hab von dir geträumt heut Nacht! Schnurr, schnurr! So warst du selbst in der schwarzen Nacht bei mir, mia cara! Ich möchte dich immer bei mir haben. Weil ich dich so gerne habe. Ti voglio tanto bene.«

Und dann zählt er alle seine Lieblingswörter auf:

»Mein Schmusekätzchen, meine Samtpfote, meine Schönheit, mia gatta bella = meine schöne Katze, liebste Freundin, la mia piccola bambola = meine kleine Puppe …«

Dabei streichelt er meine linke Wange mit seiner rechten Tatze, gibt mir ein Küsschen auf die Nase, dann eins auf die Schnauze und schließlich ein besonders zartes Küsschen auf meinen weißen Latz. Diese Geste ist für mich äußerst innig und liebevoll. Hat er das ja noch nie getan!

Ich könnte die Zeit anhalten, so schön ist es mit meinem Liebsten. Möge dieser Augenblick doch ewig währen!

»Verweile ach, du Augenblick. Verweile.«

Dieser Satz aus Goethes Faust fällt mir plötzlich ein.

Wie Balsamico Lieblingswörter hat, so sammle ich auch Wörter und noch mehr!

Ich sammle Wörter, Bilder, Sätze und Zahlen

Oft sitze ich im Salon auf meinem Lieblingsplatz auf dem Rattansofa mit nach vorne gerichteten spitzen Ohren, wie wir Katzen dies tun, wenn wir besonders aufmerksam etwas hören wollen. Meine Familie sitzt dann um mich herum, jeder an seinem Platz. Ich höre zu und warte auf besondere Wörter. Wörter, die schön klingen. Wörter, die ich aufgrund ihrer Bedeutung mag. Ein Wort, das ich besonders mag, ist *Refugium*, ein anderes *Samtpfote,* dann *Zärtlichkeit*. Schön sind auch die Redewendungen: *sich geborgen fühlen*, *sich wohl fühlen*, *sich gut aufgehoben fühlen.*

Was Bilder betrifft, so liebe ich vor allem Bilder mit Katzen. Auf dem Boden im Salon liegt ein Buch mit dem Titel **Katzenkinder**. Auf dem Einband schaut mir ein ganz süßes Foto entgegen: ein junges Kätzchen, das sich auf seine Mami stützt. Es sieht ein wenig so aus, wie ich als Katzenbaby ausgesehen habe. In dem Buch sind noch viele schöne Bilder von *Katzenkindern,* auf den griechischen Kykladen aufgenommen. Im Atelierzimmer, dessen Fenster auf den Petersberg und den Drachenfels zeigen, steht auf der weißen Kommode eine zierliche Fliese mit zwei Katzen. Das ist ein Katzenpärchen von hinten gesehen, das sich bestimmt sehr lieb hat. Denn neben den beiden ist ein rosa Herz. Oben auf der Fliese steht: »*Un grand amour*«. *Das ist Französisch und heißt:* »*Eine große Liebe*«. Süß, nicht war?

Meine Lieblingszahl ist die 7. Warum? Das sage ich euch nicht.

Dann mag ich noch die **11** und die **15**. Das sind Geburtstage. Doch das ist nur für Insider ...

Meinen Lieblingssatz hat mir Balsamico, mein Italiener, aufgeschrieben. Er lautet wie folgt:
Con la natura bisogno procedere lentamente e con calma se si vuole ottenere qualcosa. Goethe
<u>Man muss mit der Natur langsam und lässlich verfahren, wenn man ihr etwas abgewinnen will.</u> Goethe

Dann gibt es noch Schlüsselwörter. Nur für Katzen.
Dazu gehören die Wörter »Whiskas« und »Sheba«. Das

bedeutet: Es gibt etwas Leckeres zu essen. Also sind das gleichsam magische Wörter!

Wenn Louisa sagt:

»Anja, jetzt gehen wir zu deinem Futternapf, zu deinem Fressnapf«, dann springe ich ganz begeistert in die Luft. Quasi aus dem Stand. Das sieht lustig aus! So der Kommentar meiner Familie.

Wenn ihr, liebe Leserinnen und liebe Leser, mein Buch aufmerksam und vielleicht sogar mehrmals lest, dann seid ihr »Leseratten«. Oder vielleicht sogar »Lesemäuse«! Achtung: Dieses Wort habe ich erfunden. Dichterische Freiheit. Übrigens Balsamico teilt mein Hobby, Wörter zu sammeln. Er hatte dieses Hobby sogar zuerst. Weil ich es so fesselnd und faszinierend fand, habe ich mir dieses Steckenpferd – süßes Wort, nicht wahr – von ihm abgeschaut.

Da gibt es noch das Wort »Lesefutter«. Das finde ich besonders markant und einprägsam. Handelt es sich doch um Futter, das für die Menschen so wichtig ist. Aber kein Futter zum Fressen, sondern geistiges Futter. Ob man davon auch satt wird? Also mein Frauchen schafft Lesefutter, indem sie meine Geschichte aufschreibt. Vielleicht ist das so: Wenn man schöne Erzählungen liest, dann ist das ein Genuss! Und man hat weniger Hunger auf Futter zum Fressen. Das muss ich mal ausprobieren!

Irgendwie stimmt das ja. Wenn ich aufmerksam andere Tiere, wie z.B. Katzen, Hunde, Vögel, beobachte, denke ich gar nicht ans Futtern.

Noch ein Brief von Olivia

Ende August 2003
In meinem kleinen Zimmer, dem mit dem Blick zum Drachenfels, entdecke ich eines Nachmittags einen Brief. Diesmal ist es ein Brief mit einem länglichen zartrosa Umschlag. Was bedeutet das wohl? Ist da etwas Besonderes passiert? Ganz gespannt öffne ich den Briefumschlag. Dann lege ich meine Tatze auf den ebenfalls zartrosafarbenen Briefbogen und beginne zu lesen.

Forte dei Marmi, 30. August 2003
Liebste Freundin Anja,
  <u>ich bin verliebt!</u> *Verliebt in einen ganz süßen Italiener. Alessandro!*
  Seit einer Woche sind wir ein Paar. Wir möchten immer zusammenbleiben.
  Wir möchten heiraten und Kinder bekommen. Zwei kleine Katzenbabys: ein Kätzchen und einen Kater.
  Ich weiß nicht, ob ich noch einmal nach Deutschland komme. Denn ich habe meine Heimat in Italien wieder gefunden. Und bin nun sehr glücklich! Unbeschreiblich glücklich. Hier gehöre ich hin! Das weiß ich nun.
  Traurig bin ich nur, dass ich Dich nicht wiedersehen werde. Vielleicht viel später einmal im Katzenhimmel ...
  Alles Gute und Liebe für Dich.
  Ich umarme Dich, liebste Freundin
  Deine Olivia

Noch am selben Nachmittag kam Balsamico zu mir und berichtete mir, dass er ebenfalls einen rosa Brief von seiner Schwester Olivia erhalten habe. Einen Brief ähnlichen Inhalts. Nur mit dem Unterschied, dass dieser Brief den klaren Wunsch enthielt, Balsamico möge sie besuchen kommen. An diesem Nachmittag schien mir mein Freund sehr nachdenklich zu sein. Damals wusste ich noch nicht, was dies bedeutete.

Die kommenden Tage waren von Traurigkeit geprägt. Zwar freuten wir beide uns über das Glück von Olivia und Alessandro. Jedoch hing die unausgesprochene Frage: »Was wird aus uns?« wie ein Damokles-Schwert über uns.

Auch in der nächsten Zeit sprachen wir nicht darüber. Mit keinem Wort. Aber irgendetwas stand zwischen uns. Wie eine Wand, wie ein Schleier.

So vergingen Tage, ja Wochen. Die Katzenmenschen von Olivia und Balsamico waren inzwischen aus der Toskana zurückgekommen. Doch diesmal ohne Olivia. Sie machte ernst. Sie blieb in Italien. Sie wollte ihre Liebe leben. Mit Alessandro zusammen sein.

Vielleicht hatte sie ja auch wirklich ihre Heimat gefunden. Ihr Paradies.

Jeder Mensch, jedes Tier hat ein Paradies!

Man muss es nur suchen!

Man wird es schon finden!

Un piccolo paradiso per noi – Ein kleines Paradies für uns!

Balsamico fährt nach Italien

15. September 2003

»Ich muss meine geliebte Schwester wieder sehen, ich muss nach Italien.« Mit diesem Satz stürmt mein Geliebter eines Morgens vor unsere Terrassentür, die ein wenig geöffnet ist. Ich weiß gar nicht, was ich sagen soll. Mir wird schwer ums Herz. Endlose Traurigkeit überfällt mich. Dicke, schwarze Tränen kullern aus meinen großen grünen Augen. Ich schaue meinen Balsamico mit dem kuscheligen, schwarz-braunen Fell nur traurig an.

»Es bleibt uns nur noch ein Tag. Denn morgen fahren meine Katzenmenschen wieder gen Süden. Und ich fahre mit. Du weißt, ich muss für mich folgende Frage klären:

Wo ist meine Heimat? In Italien oder in Deutschland? Wenn ich das herausgefunden habe, ist es mein sehnlichster Wunsch, in meiner Heimat zu leben. Für immer.

Was machen wir heute an unserem letzten Tag, liebste Anja?«, fragt mein Geliebter voller Traurigkeit und Melancholie.

»Machen wir das, was wir immer machen: zusammen sein, erzählen, träumen, kuscheln, einander lieb haben. Das ist mein Wunsch, bevor du gehst.« So meine Antwort.

Schnell laufe ich in mein kleines Katzenzimmer, nehme meinen grünen Marienkäfer in die Schnauze, renne aus der Terrassentür zu Balsamico, der inzwischen auf der Marmorterrasse auf mich wartet, und gebe ihm meinen so geliebten grünen Marienkäfer in seine Schnauze. Ja, mein Marienkäfer ist nicht rot wie gewöhnlich; er ist grün mit schwarzen Punkten, grün wie die Hoffnung. Ein Symbol für mich, für Balsamico, für uns beide! Denn ohne ein Fünkchen Hoffnung können auch wir Katzen nicht leben. Da geht es uns wie euch Menschen!

Anja und Balsamico – heimliche Liebe

Wir verbringen einen wunderschönen Tag miteinander. Einen von jenen Tagen, die »Katze nie in ihrem Leben vergisst«.

Und dies mit einem Hauch von Melancholie …

Irgendwann beginnt es, dunkel zu werden. Die letzten

Sonnenstrahlen wärmen uns unter unserer Tanne. Aus vollen Zügen genießen wir unsere sinnliche Zärtlichkeit, unsere wilde, ungebändigte Leidenschaft. Es ist, als versuchen wir, unsere Traurigkeit wenn nicht zu überwinden, so doch vergessen zu machen. All dies jedoch nur für einen Augenblick. Ein zartes Miau – ein Schrei.

Was bleibt, ist die Sehnsucht.

»Ti voglio bene, ti amo, ti desidero. =
Ich mag dich, ich liebe dich, ich begehre dich.
Du musst wissen, ich liebe dich und werde dich immer lieben.«

Das waren die letzten Worte von Balsamico, bevor er leise davon schlich. So leise, wie er damals an einem wunderschönen Tag im Frühling gekommen war. In mein Leben getreten war. Balsamico, meine zweite große Liebe, meine **heimliche Liebe**.

»Balsamico«
Katze Anjas heimliche Liebe

Das ist die Idee. So nenne ich mein zweites Buch.

Leise springe ich auf meinen Lieblingsplatz im Salon: unser zierliches Rattansofa aus Italien mit den pastellfarbenen Blumen. Rosa Rosen: wie romantisch. Ich denke an unsere romantische Liebe und schlafe darüber sanft ein. Irgendwie zieht es mich in die Welt meiner Träume.

Ein Brief von Balsamico

Es vergehen Tage. Vielleicht eine Woche. Irgendwie lebe ich in einer anderen Zeit. Ich sitze nachmittags oder abends nicht mehr an der Terrassentür; muss ich doch nicht mehr auf meinen Liebsten warten.

Da an einem Montag kommt ein Brief aus Italien! Ich nehme ihn in meine Schnauze, schnuppere an dem Umschlag und miaue inständig zu Louisa. Das will heißen: Lies mir den Brief vor, Frauchen! Er duftet so gut. Ich denke, das ist Balsamico. Balsamico tradizionale!

Liebste Anja dort in der Ferne,
heute möchte ich dir ein Zeichen senden. Ein Zeichen aus dem Land der Zitronen, der Tomaten und des Balsamico!

Ein Rezept :
Vorspeise = Antipasta
Insalata Einstein al Balsamico
2 Tomaten, in kleine Stücke geschnitten
1 Paprikaschote gelb, geschnitten
1 Paprikaschote grün, geschnitten
Oliven
Kräuter- oder Blattpetersilie, Blättchen gezupft
Olivenöl extra vergine
Balsamico, möglichst tradizionale

Alles bunt durcheinander mischen.
Eine dicke Olive und drei Stängel Blattpetersilie als Dekoration oben auflegen!

Hauptspeise – Pasta
Spaghetti alla Matriciana Balsamico
Sugo alla Napoletana

Spaghetti
1 kg sonnengereifte Fleischtomaten oder
Sugo pomodoro aus dem Glas
1-2 El Olivenöl extra vergine
1 Zwiebel, fein gehackt
1 Knoblauchzehe
1 Bund Oregano, Blättchen gezupft und gehackt
1 Sträußchen Basilikum
1 Prise Zucker, nach Belieben
Meersalz
Pfeffer aus der Mühle
Geriebener Parmesan, nach Belieben

250 g magerer Kochschinken, gewürfelt – alla Matriciana
Möchte man ein vegetarisches Gericht – sugo napoletana – zaubern, so lässt man den Kochschinken einfach weg.

Die Tomaten kreuzweise einschneiden. In einem Schaumlöffel in kochendes Wasser tauchen, bis sich die Haut zu lösen beginnt. Die Früchte schälen, den Stielansatz herausschneiden, dann die Tomaten vierteln und die Kerne entfernen. Sugo aus dem Glas wird unverändert verwendet. Vielleicht die Gewürze sparsamer einsetzen. Abschmecken wichtig!
Zwiebeln und Knoblauch im Olivenöl bei mäßiger

Hitze andünsten, die Knoblauchzehe entfernen. Die Tomaten dazugeben und mit andünsten. Kräuter und Zucker zu den Tomaten geben. Die Schinkenwürfel untermischen. Sugo aufkochen und bei kleiner Hitze unter gelegentlichem Rühren 15 Minuten köcheln lassen. Mit Salz und Pfeffer würzen. Spaghetti al dente in eine vorgewärmte Schüssel geben. Den Sugo darüber gießen und gut mischen.

Die Zugabe von geriebenem Parmesan ist bei Sugo Napoletana bzw. alla Matriciana absolut fakultativ.

Dessert
<u>Fragole Einstein</u>
500 g Erdbeeren oder mehr waschen und hälften mit Zitronensaft aus frischen Zitronen überträufeln
1 Idee Balsamico tradizionale hinzugeben

Liebste Anja, dieses Rezept ist total lecker. Bitte ausprobieren!
  Ciao Bella
  Balsamico

Das ist ein Lebenszeichen von meinem Liebsten. Ein drolliges und irgendwie einmaliges Lebenszeichen!

E-Mail für Dich

Oktober 2003, 20.00 Uhr
Heute passiert etwas Merkwürdiges. Balsamico, der kleine Romantiker, hat mir eine E-Mail geschickt. E-Mail – das gehört irgendwie zu Max, nicht zu Balsamico.

Trotzdem entdeckt mein Frauchen eine Mail für mich auf ihrem Notebook mit folgendem Wortlaut:

Balsamico.Einstein@tiger.de
Amore mio, liebste Anja Minouche, ♥

gerade in diesem Augenblick denke ich an Dich. Das muss ich Dir so schnell wie möglich sagen. Dafür diese E-Mail für Dich.

»A che bello questo amore« – mir fällt ein Lied von Eros Ramazotti ein. »Questa notte stai con me.« = »Diese Nacht bist du bei mir.« In Gedanken!

Ich habe ein tiefes, zärtliches Gefühl für Dich.

Schlaf schön, meine Liebe. Ich gebe Dir zarte Küsse auf Deine Augenlider.

Dein Schmusekater

Wieder vergehen Tage. Tage ohne Balsamico. Nächte ohne Balsamico. Ich kenne seine Adresse nicht. Wir hatten vereinbart, dass ich mich nicht melde. Wollte er doch seine Entscheidung ganz alleine treffen. Die Entscheidung, wohin er gehört. Wo seine Heimat ist.

Einmal hatte er sich die Frage gestellt:
<u>»Bin ich ein Italiener oder ein Deutscher?«</u>

Darüber wollte er nachdenken. Er wollte seinen eigenen Weg finden.

Jetzt wusste ich es, das ist Balsamicos Geheimnis, von dem Olivia einst sprach.

Am Fenster zur Terrasse sitze ich und warte. Und warte. Die Zeit vergeht nur langsam, wenn man auf etwas wartet, auf etwas Besonderes. Ein Leben ohne Balsamico – das kann ich mir nicht mehr vorstellen. Das will ich mir auch nicht vorstellen. Und dennoch wünsche ich vor allem, dass er glücklich wird. Glücklich in seiner Heimat. Wie er sie sich vorstellt.

Was ist Heimat für mich? Das ist Zuhause sein. Streicheleinheiten, Zärtlichkeit, mein Frauchen, mein Herrchen, der »junge Herr«, der mir einen Klaps auf meinen Po gibt – alles in allem meine Familie. Das ist der Platz auf meinem rosa Handtuch. Das ist der Blick aus meinem Fenster. Der Blick aus unserem Fenster oben: links auf den Petersberg, rechts auf den Drachenfels. Einmal sind die beiden Berge im Nebel versteckt, ein anderes Mal erstrahlen die beiden Berge im Sonnenschein!

Heimat – das ist der Platz unter unserer Tanne. Das sind meine Freunde: das Kaninchen »Maître Lampe« mit den süßen, langen Ohren, das flinke Eichhörnchen »Croque-Noix« und schließlich der Mäuserich »Frederico«, der für den kalten Winter keine Grashalme und Blätter sammelt, sondern Gedanken, Träume und Ideen. Das ist der gedeckte Kaffeetisch. Das Telefon, das klingelt. Die Musik, die aus dem Radio klingt.

Wieder einmal »Just for you« von Lionel Richie. Mein Lieblingslied!

Das ist Angekommen sein! Und bleiben. Das sind Menschen und Tiere, die mich mögen, die ich mag …

Ich bin gerne in unserem Land. Ich mag es. Hier fühle ich mich wohl, geborgen und gut aufgehoben.

Hier ist **meine Heimat!**

Der grüne Marienkäfer

Der grüne Marienkäfer. Wo ist er? Ich habe immer so gerne mit ihm gespielt. Ich weiß, wo er ist. Als Balsamico nach Italien fuhr, habe ich ihm diesen Käfer gegeben. Die Farbe »Grün« steht für Hoffnung. Damit wollte ich ihm sagen, dass ich hoffe, dass er zurückkommt. Zu mir.

Tage sind vergangen. Wochen sind vergangen. Wie viele Stunden mögen das wohl sein? Wie viele Minuten?

Eines Morgens – wir schreiben den 12. Oktober 2003, den Tag, an dem im Jahre 1492 Columbus Amerika entdeckt hat – sehe ich ein kleines Ding draußen vor der Terrassentür. Das Ding sieht aus wie ein Knäuel. Da es noch dunkel ist, kann ich das Ding nicht so genau erkennen. Ist es vielleicht ein Tier? Oder eine Pflanze? Oder eine Sache, von Menschenhand hergestellt? Wieder einmal heißt es warten. Warten, bis der Tag anbricht. Obwohl ich sehr gespannt bin, döse ich vor mich hin, strecke mich auf dem kleinen Teppich aus, schließe meine Augen. Das heißt, sie fallen mir zu, weil ich noch so müde bin. Aber als Katze kann ich trotzdem alles sehen, beobachten, hören und riechen. Ich bin immer in Hab-Acht-Stellung. Die Menschen wissen das nur nicht. Sie denken, ich schlafe!

Der Tag bricht an. Die ersten Sonnenstrahlen scheinen in mein Gesicht. Ich blinzle mit den Augenlidern. Das Ding ist immer noch da! Also kein Tier, das sich inzwischen fortbewegt hat. Noch ein Sonnenstrahl und meine grünen Katzenaugen entdecken, dass das Ding grün ist. Grün wie ein Blatt. Grün wie ein Frosch. Grün: das Symbol der Hoffnung!

Ich richte mich auf, mache meinen typischen Katzenbuckel, rücke ganz nah ans Fenster. Näher geht nun nicht mehr! Was sehen meine Augen? Den grünen Marienkäfer aus Wolle mit den schwarzen Punkten. Den Käfer, den ich Balsamico bei unserem Abschied vor seiner Reise nach Italien geschenkt habe. Und was liegt neben dem grünen Marienkäfer? Das könnt ihr euch nicht vorstellen.

Es ist wieder ein Rezept. Diesmal für einen Salat.

Feldsalat mit Garnelen – Insalata Campus con Gambi

Feldsalat
Olivenöl extra vergine
Balsamico- Essig = Aceto Balsamico di Modena
Pfeffer aus der Mühle
Walnüsse, Sonnenblumenkerne
Knoblauch
Alles kurz vor dem Servieren mischen.
In Knoblauch gebratene Gambas auf dem Feldsalat verteilen.

In der Pfanne gebräunte Bruschetta als i-Tüpfelchen oben drauf.
Das ist ein Originalrezept aus Italien. Ein Rezept von meinem Kater »Balsamico«.

Tausend Gedanken stürmen auf mich ein, gehen mir durch den Kopf. Wie Blitze!
»Ist mein Schmusekater da? Hier in Deutschland. In Bad Godesberg? In unserer kleinen Stadt in Deutschland? Schließlich: Wo ist er jetzt? In diesem Moment?«
Wer kommt da um die Ecke? Mein Balsamico, meine heimliche Liebe.

Wir geben uns ein dickes Küsschen. = Un bacio. Wir sind glücklich. Sehr glücklich. = Siamo felice. Molto felice. Tage der Zärtlichkeit, der Sinnlichkeit. ❤ ❤ ❤

Samtpfote Anja auf der Suche nach der verlorenen Zeit

Irgendwann findet Balsamico die Antwort:

»Nun weiß ich es. Ich bin ein Deutscher mit der Sehnsucht nach Italien! Wie Johann Wolfgang von Goethe, der wohl berühmteste und größte Dichter und Denker Deutschlands, dies schon erkannte und sagte!«

Epilog

Ich bleibe bei dir. Für immer.« Mit einem zarten »Miau, miau« kuschelt sich mein Kater aus Italien an mich. Und es beginnt eine wunderbare Zeit.

Die Zeit meiner zweiten großen Liebe. ❤ ❤
Die Zeit mit Balsamico.

✈ ✈ ✈ ✈ ✈

Ein weiteres Buch der Autorin:
»Naschkatzen leben länger …«
Anja – Eine fantastische Katzengeschichte

E-Mail an Anja.Minouche@cat.de

Meine liebe Samtpfote,
   mein größter Traum bist Du. Dann träume ich noch von einem fernen Land, dem Land unserer Vorfahren. Weißt Du, wo das liegt?
   Ciao
   Max, der Filou

Auf der Suche nach der verlorenen Zeit erzählt Katze Anja aus ihrem Katzenalltag. Auf leisen Samtpfoten schleicht sie sich mit Charme und Feingefühl in die Herzen ihrer »Katzenmenschen«, die mit ihr gemeinsam in einem himbeereisfarbenen Haus am Park wohnen.

   Plötzlich taucht ein naseweiser Streuner auf. Kater Max, ein Vagabund und Filou. »Flugzeuge im Bauch« – Anja erlebt ihre erste große Liebe!

Pressestimmen:

General-Anzeiger Bonn

Bei Katzenfreunden klingt eine Saite an, wenn sie Anjas gefühlvoll geschildete Abenteuer lesen.

»Als der Verlag mein Manuskript annahm und urteilte, das sei richtig süß geschrieben, da wusste ich, dass meine Katzengeschichte auch anderen etwas gibt.«

Bonner Rundschau

Geschichte der Katze Anja aufgeschrieben

Marlis Hornig aus Bad Godesberg hat ihrem toten Haustier ein literarisches Denkmal gesetzt

»Wir Godesberger«

Von Schröder und Frau Eisenkraut

»Charmant, entzückend, apart – aber auch spannend und fantasievoll erzählt. Ein Buch, das man mehrmals in die Hand nimmt!«, so die Meinung einiger Nachbarn, Freunde und Kollegen. In poetisch fantasievoller Sprache, aber auch ernst und nachdenklich schreibt die Autorin in Tagebuchform über ihre Beobachtungen, verbunden mit Gedanken an Leben und Umwelt für Mensch und Tier.

Zwei weitere Bücher der Autorin:

Familienwolf Astix
Abenteuer eines Jack Russell Terriers

Astix, der im wirklichen Leben Asterix heißt, erzählt uns hier seine Abenteuer im ersten Lebensjahr: Babytage im Bauernhaus, seine Menschenfamilie, mit der er gemeinsam in einem rosa Haus am Park wohnt, seine Freunde, sein erster Schultag.

Ein Zaubertrank. Ein Schatz. Ein Mord!

Fünf Orte: Timmendorfer Strand, Baden-Baden, Garmisch-Partenkirchen, Norderney, Diano Marina in Italien – aufregende Reisen.

Dann ist da Simba, ein süßes Hundemädel. Wie romantisch, der junge Russell hat »Schmetterlinge im Bauch«. Astix, der Gallier, hat einen Traum. Wird der kleine Wolf seine große Liebe finden?

Astix gibt persönliche Tipps für das Leben mit Hunden und für das Leben im Allgemeinen.

»Auf gut 150 liebevoll bebilderten Seiten lässt Marlis Hornig Astix, den kleinen Lustigen, zu Wort kommen …«
Bonner General-Anzeiger

Leo und Astix
Der Junge und der Hund

Ein Junge namens Leo. Ein kleiner Hund, ein Jack Russell Terrier, namens Astix. Astix erzählt uns seine spannenden und berührenden Abenteuer mit Leo und anderen Kindern verschiedener Altersstufen. Ein Schatz. Piraten. Eine Liebesgeschichte. Ein Einbruch. Kleine Krimis und Detektivgeschichten. Kommissar Schnüffelnase ASTIX und der Junge LEO ermitteln … Und wie romantisch – da ist wieder Simba. Astix' erste große Liebe …

6 Orte: Bonn, Filzmoos in Österreich, Erfurt, Saint Malo in der Bretagne, Paris, Norderney.

Astix gibt persönliche Tipps für das Leben mit Kindern und Hunden. Ein tolles Geschenk für Eltern, Kinder, Großeltern und Romantiker!

»Die Autorin will Kindern und Erwachsenen einen natürlichen Umgang mit Hunden und Katzen vermitteln.

LEO UND ASTIX ist die Geschichte einer wunderbaren Freundschaft. Zahlreiche wunderschöne Farbbilder illustrieren die Erzählungen.«
BLICKPUNKT Bonn